大卫·阿尔蒙德作品集

JACKDAW SUMMER

寒鸦之夏

〔英〕大卫·阿尔蒙德 著　　李珊珊 译

人民文学出版社
PEOPLE'S LITERATURE PUBLISHING HOUSE

著作权合同登记号　图字 01-2016-6579

Jackdaw Summer
Copyright © 2008 David Almond
This edition arranged with Felicity Bryan Associates Ltd.
through Andrew Nurnberg Associates International Limited
This translation of Jackdaw Summer is published by Shanghai 99
Readers' Culture Co., Ltd.

图书在版编目(CIP)数据

寒鸦之夏 /（英）大卫·阿尔蒙德著；李珊珊译.
—北京：人民文学出版社，2016（2023.5 重印）
（大卫·阿尔蒙德作品集）
ISBN 978-7-02-011997-4

Ⅰ.①寒…　Ⅱ.①大…　②李…　Ⅲ.①儿童小说-中
篇小说-英国-现代　Ⅳ.①I561.84

中国版本图书馆 CIP 数据核字(2016)第 221977 号

责任编辑　胡司棋　汤　淼
装帧设计　汪佳诗

出版发行　**人民文学出版社**
社　　址　**北京市朝内大街 166 号**
邮政编码　**100705**

印　　刷　**山东新华印务有限公司**
经　　销　**全国新华书店等**

字　　数　**140 千字**
开　　本　**890 毫米×1240 毫米　1/32**
印　　张　**6.75**
版　　次　**2017 年 2 月北京第 1 版**
印　　次　**2023 年 5 月第 3 次印刷**

书　　号　**978-7-02-011997-4**
定　　价　**45.00 元**

如有印装质量问题，请与本社图书销售中心调换。电话:01065233595

第一部分

一

这件事开始于也终结于这把短刀，我是在花园里发现它的。当时我跟马克斯·伍德一起在花园里玩耍，我们正在到处搜寻信息，挖宝藏，就像我们小时候经常玩的那样。当然除了能找到一些石头、树根、灰尘和蠕虫之外，我们总是一无所获。然而就在这时，在地面一层薄薄的表层土之下，一把有着木柄和皮鞘的短刀呈现在我们眼前。我把它从土里撬出来，只见它整个刀片都已经弯曲生锈了，木质的刀柄也是污秽不堪，皮鞘已经变黑、变硬，并且开始腐烂。

我洋洋得意地大笑不止。

"终于找到宝藏了！"

"哼！"马克斯反击道，"这只是一把年代久远的修枝刀。"

"当然不是了！它应该是远古时期的罗马人或者掠夺者留下的，是战争武器。"

说完，我就把它举起来，在太阳底下仔细端详。

"我把它叫做……死亡交易者！"我说道。

然后就听见马克斯从嗓子眼儿里发出一阵咕哝声，并朝我翻了一下白眼。

我把这把刀插入泥土里清洁。在草地上打磨，用自己的唾沫擦拭它，还找了块石头把它磨得更锋利。

然后一只鸟拍打着翅膀飞过来，停在离我们六英尺远的草地上。

"你好，乌鸦。"我扭脸朝它打招呼。

"它是一只生活在城市里的寒鸦。"马克斯说道。他模仿着这只鸟的叫声："呱呱！呱！呱呱！"

这只寒鸦来回蹦跳着，在他身后叫着。

呱呱！呱呱！

"它是被蠕虫吸引而来。"马克斯说道。

"不，它看到了一些在发光的东西！它看到了罗马人的黄金！这儿，快看！"

我像个疯子一样愚蠢地又挖了一会儿。我越挖越深，小刀也越插越深。然后我的手一滑，不幸被划伤，鲜血从我的手腕处流出，我先是大声尖叫，紧接着就自我嘲笑，用手指按压住伤口处。

马克斯再次小声咕哝着什么。

"有时候我觉得你就是个精神病。"他说。

"我也这么觉得。"我回应道。

我们躺在草地上，凝望着天空。现在是早夏，春天还没有过完，但是已经连着好几个星期都是烈日当空，酷热难耐。地面像被烤过一样，草地都已经开始被"烧"焦了。我们将会迎来最热的一个夏天，这个故事也会继续发酵。我手上和胳膊上的灰尘和泥土，变硬结块，就像我的一层皮。它们混着我手腕上暗红的干血渍，就像一幅油画或者一幅地图。

一架低空飞行的喷气机在我们头顶嗡嗡作响，紧接着是另一架，然后另一架。

"走开，你这头怪兽。"我朝着它大喊。

我举起我的刀向它们炫耀，然后看着它们向南飞过哈德良长城，飞过圣米迦勒-众天使教堂，直到消失在天际。

伤口又开始流血了，急需处理一下，于是我们起身回房间。

"都是你的了，杰克①。"我说道。

我期待着这只鸟跳进洞里，但是它没有。它飞过我们的头顶，落在我们前方六英尺的地方，呆呆地看着我们，然后再飞得远一些，着陆，再次呆呆地看着我们。

"你可以驯养它们的。"马克斯说道。

"我可以吗？"

"你当然可以。我小时候家里就养过一只，它总是在我家后面的小径上玩耍，然后到我家门口索要食物。停在我的手腕上。喊着'呱呱'！非常搞笑，我们喊它'杰克'。"

"后来它怎么了？"

"乔·博尔顿打中了它，"他说着摆出姿势，好像真的握着一把枪，"混蛋！他说它要在他家的烟囱上筑巢，所以射杀了它。但是我想他只是想杀死什么东西而已。混蛋！"

说完，他挥动胳膊追逐着寒鸦，寒鸦随即飞上了天空。

"加油！飞走吧！噢吼！"

我在屋子里找到了创可贴。用洗碗巾擦拭了伤口，吸干流出的

---

① 寒鸦一词的英文为：jackdaw，这里主人公用"jack"简化称呼，按照字面意思译成"杰克"。

血渍，然后贴上创可贴。我弄干净刀片上其他的泥巴污垢，并用肥皂洗了一遍。同时，还用挂在厨房墙壁上的磨刀石把它磨得更锋利了。我喷了一些家具亮光剂在刀柄上，好好擦拭了一番，也喷了一些亮光剂在皮质护鞘上，并把护鞘来回弯曲，它在我手中很快就变得柔软了。我开心地笑了。

"很好。"我满意地说。

然后，用腰带打了个结，将刀和刀鞘固定在了我的臀部。

"你觉得怎么样？"我向马克斯炫耀起来。

"我觉得你会被逮捕的，"他说，"这是违法的。"

我大笑。

"一个修枝刀？违法？"

我拉了拉 T 恤盖住了臀部的"死亡交易者"。

"现在总好了吧？"我又问道。

之后我找到一些面包、奶酪和柠檬水，我们坐在后门旁边的长凳上吃起来。这时候我们看到寒鸦停在门柱上。

呱呱！呱呱！

它不停地用它的喙刺向我们，不停地扇动着翅膀，来回跳跃摇摆着。

"你到底想干吗？"我笑着说道。

呱呱！呱呱！

楼上传来打印机"嗒嗒嗒"的声音，是爸爸，他像往常一样在努力工作。我们抬起头向二楼的窗户望了望。

"他正在写什么？"马克斯问道。

"我不知道。在他完成之前他是不会告诉任何人的。"

我们就这样，一边吃着一边听着周遭的一切。

"这感觉好诡异啊！"马克斯说道。

我将柠檬汁一饮而尽，用手腕擦了擦嘴巴。

"是的，有时候就像有幽灵在这幢房子里似的。走吧，我们出去玩，怎么样？"

就这样，我们离开了小花园。

二

　　我们来到房子旁边的马路，准备沿着这条崎岖不平、通往乡村的小径一路向前，一个戴着红色帽子的徒步旅行者形单影只地走在我们前面。远处乡村学校旁边的田野上，有一些孩子在玩耍，时不时传来几声尖叫声，像是已经扭打作一团，然后就是一阵欢呼雀跃声，接着他们中的一伙人迅速逃离"现场"，往山上的大榆树①奔去。

　　"我们加入他们怎么样？"我问道。

　　"也可以哦。"马克斯说。

　　这时候，只见戈登·纳特拉斯来到田野边上，扶在田野栅栏上注视了我们一会儿，然后翻过栅栏向我们走来，手里拿着一把生锈的锯子。

　　"你好啊，兄弟。"他向我们打招呼道。

　　兄弟——那是他的惯用伎俩吧。

　　"你们准备干吗去啊？兄弟。去哪儿啊？兄弟。"

　　"不去哪儿。"马克斯一脸警戒地回答道。

　　"没计划。"我说道。

　　"你们要去哪儿？"我接着反问道。

---

① 原文中为"Great Elm"，当地对某种区域的一种称呼，这里是直译。

他咧嘴一笑。

"就是找点乐子，玩玩游戏什么的，"他回答说，"来吧，跟我们一起。好吗？"

又一架喷气式飞机在我们头顶呼啸而过，带着它在天际划出的一道条纹似的痕迹向东而去。

"把它们炸回石器时代！"纳特拉斯对着消失的飞机咆哮，然后往地上吐了口唾沫。"跟我来。"他对我们说道。

我正要跟着他前去，但是马克斯却踌躇不前。

"我们晚会儿再去吧。"他说。

我看了看马克斯，又看了看纳特拉斯。在孩提时，我们曾是很要好的朋友。我们曾经结义，划破拇指把伤口按在一起，以便让彼此的血融合。像突然记起来什么似的，我摸了摸放在臀部的短刀。但那都是很久以前的事了，后来他开始变了，开始变成了我们现在认识的纳特拉斯。

他对我使了个眼色。

"好吧，兄弟，"他说，"等会儿，好吧。我会留意你们的。"

说着他把锯条放在他脖子的一边，然后把它拉到后面就好像要把自己的头锯掉一样。紧接着他又笑起来，跑回田野，田野上很快又有了更多的尖叫声。

"我讨厌那个王八蛋。"马克斯说道。

"我也是。"我回应道。

我们继续走，路过教堂。教堂墓园的门前堆满了鲜花，有些都将近腐烂甚至发臭了，一些黄蜂在用玻璃纸包装的花束里慢慢爬行。戴夫·多德正弯腰挖着一座新的墓穴，挖得很吃力，看到我们后朝我们挥了挥铲子。

"躺下来试试，小伙子，"他朝我们喊道，"我保证把你们埋得漂亮又舒服。"

马克斯说："你相信他吗？"

就在这个时候，寒鸦再次出现了，就停在我们上方紫杉树的树杈上。

呱呱！呱呱！

"这不会是之前的那只吧，"我疑惑地说道，"会是那只吗？"

"看起来很像。"马克斯说。

它向前飞一下，停住。飞一下，停住。我们前面的徒步者也停下了脚步。他转过身向后看了看，用手遮眼挡住阳光，我们从这个距离很难看清他。或许那人是个女的吧。

"你到底想要干吗呀？"我对这只鸟说道。

马克斯露齿而笑。

"看来它注定要被某人驯养啊。"他说道。

我们跟着飞翔的寒鸦一路前行。直到到达公牛酒吧，它停在一面墙上，伫立在那里一动不动，像是在**等待**着什么。

"好诡异。"我说道。

"是啊，非常诡异。"

就在这时，在我们站在那里还没回过神的工夫，一辆军用卡车呼啸而过。卡车后斗里坐着一群士兵，看着比我们大不了几岁，经过时朝我和马克斯咧嘴笑着。

"来当兵吧，小伙子。"他们中的一个人朝我们喊道。

"这是很伟大的经历，"另一个附和道，"交到好的伙伴！看看外面的世界！学习面对伤痛和杀戮。"

然后他们走远了，他们要去加入奥特伯恩的战争，那里布满了营地、训练场和枪炮射击围场。

这只鸟带着我们穿过酒吧旁边两座村舍之间布满树叶的小巷，它在那里蹦跳了很久，扇动它的翅膀，半飞翔状态。墙壁上回荡着它的呱呱声，它扇动翅膀回应着它们。我们走出来到了"龙之田野"①，转而来到布纳的小河，然后我们在一个轻巧的木质小桥上停下来，寒鸦就在河对岸的小灌木丛中，那是一条在桦树之间的蜿蜒小径。这个时候，我们只能勉强透过树林看到徒步者的帽子了。

我朝水里吐了口口水，然后盯着水面上的唾沫星子慢慢晕开。

呱呱！呱呱！

"闭嘴！"马克斯说道。

这时候，又来了一架喷气式飞机，但是听声音还很远。我闭上眼睛，仰脸直面太阳，炙热的阳光仿佛要把我点燃。当我们长大以后，当我们有了自己的孩子以后，夏天会变成什么样呢？那时的家庭会像我跟马克斯家似的，为了水而打架吗？会像这儿的一些家庭为了羊和牛而斗争吗？我想象着与他们的斗争，想象着用我的刀与他们展开的非死即生的搏斗。

呱呱！呱呱！

---

① 原文中为"Drogan's Field"，这里是直译。

"或许我们应该掉头回去了。"马克斯说道。

"是的,跟着一只寒鸦一路走到这里,太蠢了。"

但是转身离去好像也显得很蠢。

我们开始玩以前一直玩的扔棍子游戏①:从桥上踢树枝到小溪中,然后开始数数,直到这些树枝达到河的另一边。我拿出自己的刀在桥的木轨上刻上我们俩名字的首字母。这样,它们会年复一年地伴随着在这里玩耍的许许多多的小孩,直到消失。

呱呱!呱呱!

我们耸了耸肩,随即一头扎进了小树林。穿过小树林来到另一片田野,我们就看到一头公羊对我们怒目而视,绵羊群看到我们先是"咩咩"叫了两声就惊吓得四下逃窜。我们穿过城堡巷,循着古时侵略者的踪迹一路来到了河边。这块田野陡峭地伸进河里,表面坑坑洼洼,杂草丛生,从旧栅栏上脱落的长长的棘铁丝与从古城墙上脱落的石头缠绕在一起。城堡的炮塔由于在河流的上游而清晰可见。马克斯抓住我的胳膊把我往后拉。

"小心脚下。"他低声说道。

这时我才注意到,就在我们前面不到一英尺的距离,一只蝰蛇在草地上蜷缩成一团,正在沐浴阳光,它身体是类似生锈的红色,背部看起来就像镶满黑钻的长线。

"你好啊,蛇先生。"我对它低声说道。

然后,蹲下来注视着它,它真美。

---

① pooh sticks,简单的一种小游戏,玩的人从桥上向上游扔棍子,谁的棍子先到达另一端就赢了。

马克斯缓缓靠近，蝰蛇察觉出了异样，慢慢舒展开身子。直起头，直勾勾地看着我们，然后慢慢滑向了旁边两颗石头的缝隙处。

"好漂亮啊！"我再次低声赞叹道。

呱呱！呱呱！

在我们眼前，有一颗凸起的裸露的石头，上面被不知名的人在未知的时间里，镌刻上了类似杯子和戒指的标识，以及漩涡或者是环结之类的古代艺术。

呱呱！呱呱！

循着寒鸦的叫声，我们继续前行。然后来到了鲁克礼堂所在的山坡脚下，这是一个年代十分久远的农舍，一幢用厚厚的石墙防护起来的大概十几平方米的小型建筑，窗户是用像类似箭头形状的钢筋围起来的。这种房屋大都建于大屠杀时期。当北方的侵略者突袭时，当地的农民就会带着自己的家人和牲畜在此避难。礼堂的大门早已消失得无影无踪。天花板也已经脱落。礼堂外面的下方不远处就是一条河，河对岸，一片沼泽，更远处是未被探知的虚无。行人小道也延续至此，顺着河流蜿蜒向北。徒步者站在岸边，低着头盯着水面凝神。水面上的空气在高温下看起来就像滚滚热浪。寒鸦栖息在鲁克礼堂的残垣断壁上，它现在陷入死一样的沉寂。这里的一切都是如此的古老：只有溪水、石头、树和鸟。河里的鱼，地面上的蛇，我们身边的所有生灵，都在观望、藏匿、战栗和恐惧。

过去我跟马克斯经常讨论，当最坏的事情发生时，当世界上最糟糕的事情降临在诺森伯兰郡时，我们会做些什么？我们谈论曾经玩过的冒险游戏，就是很多小孩都会玩的那种。我们拿着帐篷朝诺森伯兰郡的方向探寻宿营地，我们拿着武器、鱼竿和自制陷阱，打猎、钓鱼以及捉迷藏。有时候我们会遇到能一起玩的其他孩子。我们在诺森伯兰郡建立了一种新的社区生活。我们营造了一个更好的世界，更原始天然的世界：没有暴力、没有战争、没有消耗。甚至有几次，我们都身体力行地实践了它。我们经常花整天整天的时间沿着古道一路向北，我们找到了绝佳的藏身之地——靠近河流的隐秘庇护所，远离常人视线却又能实时监视陌生人以及追捕者的行动。我们甚至会贮藏一些东西：罐头食物、压缩饼干和以备遇袭时用的匕首。

提起过往，马克斯总是大笑不止。他嘲笑当时的我们是多么愚蠢和天真。但那些事情也才过去没多久而已。而且我一直梦想着有那么一天，战争真的会到来。我一路跑一路藏，独自一人再次朝北跑去。现在我就身置当初我们的隐身地之一。我正在搬起一块石头寻找藏于其下的那些储物盒。

呱呱！呱呱！

寒鸦的叫声愈加强烈，也更加急迫了，展翅而下一头扎进这幢破败的礼堂。

呱呱！呱呱！

我们凝视着寒鸦的身影。只见它疯了一样，猛烈地拍打着翅膀。我跟马克斯此刻都害怕极了而且我们也不敢承认这一点。

马克斯舔了舔自己的嘴唇。

"该死的，"他说，"只是一只鸟！"

我在慌乱之中摸到我的短刀，拔出它，紧紧地握在手里。我们越过那些从礼堂外围的墙上坠落的石头向上攀爬，寒鸦最后发出一声嘶哑的鸣叫之后就直冲云霄，消失在天际。

我们忍不住大笑。但是我的心脏却一直在怦怦直跳。

"我们真够蠢的！"马克斯说道。

"是啊！"我回应道，"只是一只愚蠢的鸟而已。"

"它以为我们在**追赶**它！"马克斯说道。

我们沉默下来。在鲁克礼堂的某处发出一声轻微的声响。

我们不能转身离开，也不能跑。我们穿过碎石路和羊群的粪便，循着那细微的类似哭泣的声音，谨慎前行。然后就在那儿，在一堆碎石上面，我们看到了一个篮子，里面躺着一个裹着棕色毯子的婴儿。篮子上贴着一张纸条，上面潦草的字迹写着：**请照看好她的瑞德，这是上帝的孩子**。婴儿的旁边还有一个装满了硬币和票据的果酱罐。

三

我们走了好长一段路才把她带回家。我们穿过田野，翻过大门，小心翼翼地互相传递把孩子从门外传到门里。然后沿着沟壑不平的，种满了大麦、玉米和其他农作物的庄稼地边缘，一直走回家。

中途，我们在一棵山楂树下歇息。我轻抚了下婴儿的脸颊，她紧紧地抓住了我的手指。马克斯说婴儿就喜欢这么做。他很了解，因为他有很多弟弟妹妹。马克斯俯下身来，直到脸快要贴到摇篮里的宝宝。他先是轻声叹息，而后又咧嘴轻笑。

"闻闻她。"马克斯说道。

"什么？"

"小孩都会有一种专属的味道。他们闻起来很可爱，虽然味道有点怪怪的，但是很可爱。你试试啊。"

于是，我也学着像马克斯一样，俯下身来把脸埋在摇篮里，贴近宝宝。只见她用手触摸着我的脸，我能感受到脸颊处她细小锋利的指甲，也能闻到她身上那种怪怪的可爱的气味。

"我说什么来着？闻到了吧。"马克斯得意地说道。

"是哦。我闻到了。"

"那就是以前的你闻起来的味道，直到你开始长大变成大块头，那种味道就消失了。"

之后，我们拿着这一罐子的钱仔细端详着，里面有五镑、十镑的纸钞和硬币，也有上世纪流通发行的票据和硬币：大量的五英镑纸币和大量的便士，以及极少量的法新 ① 和闪闪发光的六便士。我旋开瓶盖拿出来一些纸币，叠好放进我的口袋，并在这个过程中观察着马克斯的反应。

"我们不能这么做。"他说道。

"谁会知道呢？"

"总有人会发现的。虽然我不确定会是谁，但肯定有人会发现的。"

"或许谁捡到就是谁的，马克斯。我们可以把这些钱放进我们的秘密基地，以备不时之需啊。"

马克斯摇了摇头。

"真是痴人说梦，"他说，"无论如何，你都不像很需要钱的人。你可是帕特里克·林奇的孩子。"

我轻叹了口气。他这些天都太无聊乏味了，就像他已经等不及要长大了，不会再做任何不计后果、冒险的事儿了。我从口袋里掏出那些钱递给他。

"**你拿着这些钱。快拿着，就这一次。**"

他当然没有接。

"可能这些钱是奖励，"他说道，"或许没有人会要求赔偿，而且这些钱到最后会归我们所有。"

———————————
① 　原文为"farthing"。法新，1961 年以前的英国铜币，等于 1/4 便士。

"是的,"我说,"就应该这么想。"

另一架喷气式飞机发出轰鸣声。婴儿再次哇哇大哭起来。在马克斯照看孩子的时候,我又拿了一些钱装到自己的口袋里。剩下的继续放在瓶罐里。

"她应该是饿了。"马克斯说道,于是我们拎起摇篮,再次出发了。

我们穿过最后一片田野,翻过最后一道门,就到家了。

爸爸房间的窗户还是大开着。我们把婴儿放在厨房桌子上。楼上传来吼叫声,马克斯吓了一大跳,我忍不住笑出声来。

"没事儿,"我说,"爸爸的创作被'卡'住时,当他的故事写不下去或者他创作的人物给他'找麻烦'的时候,他就会这样。"

"听起来好像他遇到了恐怖袭击。"马克斯说道。

爸爸再次吼叫起来,看样子他正痛苦不已。

我点了点头。

"他好像是生活在自己的故事里,而不是在真实的世界里。"

"好奇怪,"马克斯说道,"你妈妈在哪儿?"

"她今天一大早去纽卡斯尔了。"

婴儿还在不停地呢喃。

"她可能需要牛奶,"马克斯说道,"但是哪一种牛奶比较合适呢?"

我轻抚了下婴儿的脸颊,朝她笑了笑,然后就上楼了。我先把糖罐里的钱拿进我的卧室放好,然后敲了敲爸爸的房门。

我先是听到了他的一声咕哝，紧接着就大喊道：

"谁啊？"

"是我。"

"你不是要跟马克斯玩上一整天吗？"

"是啊。"

"但是你没有啊，不然也不会现在来敲我的房门。你妈妈是不是还没回来？"

"还没。"

"我的创作遇到障碍了，被'卡'在**中间**了。"

我想去把门硬推开。不久之前，爸爸写作时，我还坐在他的桌子下面绘画涂鸦。更久之前，他写作的时候还让我坐在他的膝盖上呢。

"我们找到了一些东西。"我透过门对爸爸讲道。

"那很好啊！"

"我们不知道该拿'它'怎么办。"

"老天，利亚姆！你是个大孩子了，知道吗？"

就在这时，我听到爸爸朝门口走来。然后我看到了蓬头垢面、胡子拉碴的爸爸站在我面前，他身后书桌上的电脑屏幕发出耀眼的光芒。地板上到处散落着他凌乱的手写稿。四面的墙壁都堆满了书。

"我被卡在了创作的**途中**。"他说道。

说着爸爸活动着双手，伸着懒腰，仰天大喊发泄情绪，恰好一架喷气飞机从我们屋顶上方驶过。

"去轰炸托尼 · 布莱尔 ① 吧!"

"我们捡到了一名弃婴。"我说。

"捡到了**什么**?"

"一名婴儿,在河边。"

他紧紧地盯着我,好像我离他有百米之远。

"那婴儿现在在哪儿?"他说道。

"楼下餐桌上,她需要喝奶。"

---

① Tony Blair,这里指前英国首相托尼 · 布莱尔。

四

爸爸站在那里，盯着婴儿看了一会儿，轻轻触碰了下她的脸颊，然后说：

"你们不是在耍我吧？马克斯，这是你其中的一个妹妹，是吧？"然后他转动着眼睛，反复打量着我们，"怎么偏偏这么巧，你们到了那里，就发现了一个弃婴？"

"是一只寒鸦把我们引到那里的。"我说道。

"它引领着我们穿过村庄，沿着田野一直走。"马克斯说道。

爸爸笑出声来。

"多么感人的故事啊，小伙子们。但是你们必须要自己收拾这个局面，我可没有时间帮你们收拾残局。"

爸爸抬起手指向我说道：

"听着，利亚姆。我知道自己忙于工作忽略了你，但我必须完成手头这本书的创作。"

"但是这件事也一样必须得到解决啊。"

说着我就把那一罐钱以及贴在篮子上的小纸条放在了桌子上。

爸爸皱起了眉头。

"这是真的吗？"爸爸轻叹道，"这是真的，不是吗？正是我需要的故事素材啊。"

随后，爸爸打电话报了警。马克斯把自己食指的关节处放在婴儿嘴里让她吸。

"她肯定以为我们会给她牛奶喝，"他说，"待会儿如果还喝不到，她肯定会哭闹的。"说着他轻轻碰了碰婴儿的脸颊："马上，马上我们就会把你安顿好，喂饱你。小宝贝。"

爸爸放下电话，说警察正在来的路上，他继续盯着这名弃婴看，宝宝张了张嘴，然后开始嚎啕大哭。

"我们该怎么办？马克斯。"爸爸慌张地问道。

马克斯看了看裹在毯子里的宝宝，说道：

"她该换尿布了。"他说。

"不行，"爸爸说道，"在警察来到之前，我们应该按兵不动。"

宝宝大哭不止。爸爸气定神闲地泡了杯咖啡，然后开始在他的笔记本上潦草地创作着。

"所以它不是一只乌鸦或者白嘴鸦？"他说道，"但是它们对我来说都一样，都是黑色的鸟类。"

"它是一只寒鸦，"马克斯说道，"它们的头部后侧呈淡灰色，而且体积也比乌鸦小。"

"所以一路上引领你们前行的都是同一只？"

"是的。"马克斯回答道。

爸爸又开始潦草地创作。

"你们可以驯养它，不是吗？"爸爸继续说道。

"是的，除非你愚蠢得想要吃掉它。"

爸爸轻咬着自己的拇指指甲，抚摸着自己的胡须，往钱罐里看了看，之后又继续写着。

"路上还有一个戴着红帽子的徒步旅行者?"

"是的,"我回答道,"好像那条路上一直都有徒步旅行者。"

"你们遇到的那条蛇是蝰蛇,是吗?它是喜欢天气热的时节啊!"

"是的。"马克斯说道。

"那么你们还听说过这里以前是否发生过类似的事情吗?马克斯。"

"这种事情一直发生的,"马克斯说道,"我们经常在河边发现弃婴以及他们身边的一罐'战利品'。"

在警察到来之前,我把小刀跟钱收起来,放在了我的卧室。来的两位是男警员鲍尔和女警员阿特金斯。他们都在短袖衬衫外面穿上了防弹背心。

"你们能不能不要这么大张旗鼓的,搞得我们像是一帮毒贩。"爸爸不满道。

"这是规定,林奇先生,"鲍尔警员说道,"我们必须照章办事。"

"你永远也想不到谁会在口袋里装一把枪或者匕首。"阿特金斯警员说道。

"尽管是在咱们这一片祥和之地,也是如此。"鲍尔说道。

他朝我看了看,此时我正在背后直勾勾地盯着他。他对我轻声一笑。

"难不成你们在外面都是小天使,是吗?"鲍尔眨了眨眼睛继续说道,"先生,能来杯茶吗?"

他们记录下了全部的过程：我们的行程，我们的重大发现以及我们的归途。他们记录下了那条蛇，我们说到寒鸦的时候他们稍微抬了抬眉毛，也做了相应的记录。在这之后，他们写下了对徒步旅行者的详细描述。

"那个徒步旅行者，"鲍尔警员说道，"戴着一顶红帽子。他是个男人还是女人呢？你们给的信息太过于模糊了，不是吗？小伙子。"

"当时距离太远了，"我回答，"而且太阳很烈，都睁不开眼的。"

"还有鲁克礼堂？"鲍尔警员继续说道，"就在一条大路上，就是说她们故意把婴儿放在了会被人发现的地方。"

"**她们**？"爸爸诧异道。

"通常都是婴儿的母亲，"鲍尔警员说道，"她们通常都太年轻，无力抚养孩子，反正就是类似这种理由。"

"她像宝宝一样需要帮助，"阿特金斯警员说道，"她到最后都会出现的，因为她没办法远离自己的孩子。"

他们立即打电话给总部："鲁克礼堂"区域需要被隔离搜查。

"警局的人会马上联系所有的医院，"阿特金斯警员说道，"他们会通过 GPS 收集信息，收集任何地方任何人所知道的信息。他们也会寻找徒步者。事情的真相不久就会大白于天下了。"

一辆摩托车嘶鸣着从我家门前的大路驶过，一架喷气式飞机也咆哮着从屋顶飞过。爸爸也朝着它咆哮。鲍尔警员细细地抿着茶。

"外面一片祥和，不是吗？"他意味深长地说道。

一辆救护车出现在我家门口，从车上跳下两三个穿着橙色连体衣的年轻医护人员，迅速冲进我家。

"弃婴?"一个叫多琳的女孩一边抱起宝宝，一边说道，"谁会狠心抛弃这么可爱的宝宝?"

她说着就把宝宝抱得更高更紧了。

"女孩子最可爱了!"她说道，"不过我的天哪，她们竟然也会有臭味!天哪!看看我手上拿的是什么啊!尿片!哈哈!"

说完，她就开始把这个婴儿放在沥干板上换尿片，整个过程一直在轻声地喃喃低语。换过尿片后的宝宝圆睁着明亮的大眼睛，咿咿呀呀地叫起来。

"多么有爱的画面啊，像玫瑰一样的甜美笑容。现在，我们可爱的小公主要喝点牛奶吗?"

说着，她拿起一个牛奶瓶喂她。宝宝狼吞虎咽地吮吸着，过了一会儿就睡着了。多琳坐在那儿，把宝宝放在自己腿上，一边笑着一边叹息。

"你们真的是发现了一个可爱的小宝贝，小伙子们。"她说道。

医护人员把宝宝带走了。警察也带走了婴儿篮、小纸条以及装着现金的果酱罐。他们说会再联系我们。他们还有很多要问的，很多要谈的。正在他们要走的时候，鲍尔警员像突然想起来了什么似的，说道：

"谢谢你们，小伙子。你们都是良好市民。"

"还有什么我们能做的吗？"马克斯问道。

"噢，有一点我很好奇，"他边说边紧了紧防弹背心上的皮带，"很多像你们这么大年纪的小伙子，看到这么多的现金都会……"他没有再说下去，只是对着我抿嘴一笑："明白我意思了？小伙子。"

我直视着他，说道：

"我们不会。"

"很好。但是你有没有——即便是像你这么好的一个小伙子，利亚姆，在看到这么多的钱之后，有没有哪怕几秒钟——被诱惑，有吗？"

"什么？"爸爸对鲍尔警员厉声说道，"你到底在暗示什么？"

"噢，没什么，先生，"鲍尔警员说道，"只是站在我们的角度，总是难免会产生一些怀疑。"

之后他盯着我看了片刻，离开了我家。

我们在餐厅围桌而坐。爸爸说他要开始继续工作了，但却一直不离开，只是在自己的笔记本上潦草地写着什么，专注地陷入沉思。他正在构思着如何将所有的线索和细节整合成一个故事。

"你觉得那个宝宝会有多大？"爸爸问道。

"几个月吧，"马克斯回答道，"可能四个月。"

我想象着自己几个月的时候，妈妈把我抱在怀里说："男孩都很美好！"我们当时还住在纽卡斯尔，穷困潦倒。"我们正处在悬崖峭壁的边缘"，妈妈过去常常这么形容当时的窘境。

爸爸依然在他的笔记本上潦草地书写着什么。

厨房窗外的田野在烈日下显得金灿灿的，吃着草的牛儿和羊儿，以及远处的树篱、灌木丛，还有那瓦蓝瓦蓝的天，又有几架黑色的喷气式飞机安静地飞过位于霍灵顿山脊的隐约可见的风力发电机。

屋外传来了脚步声，戈登·纳特拉斯来了，我去应门。

"你们说会去田野那边找我们玩，"他说，"但是你们并没有来。"

"我们遇到了些状况。"我向他解释道。

"所以，你们并不是在刻意回避我们？"

"当然不是了。"

我们注视着彼此。

他仍旧拿着那把锯子，肩上挎着一个麻布袋。"你们错过了好机会，"他说，"我们玩得可开心了。"说完他就转身离开了，我看到从他的麻布袋里滴出好几滴血。

五

妈妈很晚才回家。马克斯已经回自己家了。爸爸在楼上。妈妈身上有一股烟味，透过她神采奕奕的眼神，就能感觉到她这几天在城里过得很开心。

"多么美好的一天啊！"妈妈说道，"跟苏一起吃午饭，然后画廊开门，接下来当然再去喝一杯了。"

"但是你开车了。"我回应道。

"我只喝了一点点，"她一边说着一边给自己倒了一大杯红酒，然后指向天花板说，"那位了不起的大作家又在搞创作啦？"

我点点头。

然后只见她双手托腮，脸上堆满了笑容。

"他们就要展出我的作品了，利亚姆。在位于纽卡斯尔市中心的一个很有名气的新画廊，是个很大的画廊，儿子。"

说完，她豪饮一大口杯中的红酒，闭着眼睛，如痴醉般沉浸在自己的喜悦中。

"杰克·史考特也在那吗？"我问道。

她直勾勾地盯着我。

"他在啊，"她回答道，"你怎么样？今天过得好吗？又是和可爱的马克斯在一起？"

"是的。"我说。

"很好。"

她从厨房的窗户向外望去，凝视着黑暗，哼着某种小调。她的一幅画就挂在我们旁边的墙上，一个巨大的红色锯齿板悬挂在墙的正中心：绿色斜线勾勒的田野，棕色的墙和树皮以及碧蓝的天空。图画的左下角用黑色字体写着妈妈的名字：**凯特·林奇**。人们都说喜欢她的画中透露出的原始野性，一种处在暴力边缘的狂野。

我正要向妈妈讲那个弃婴的事情时，电话铃响了。她没有要接的意思，我拿起了电话。

一个男人的声音。

"是利亚姆·林奇吗？"

"是我。"

"你好，利亚姆。我能就今天你的'历险'请教一些问题吗？"

我紧张得深深咽了一口唾沫。

"那要看你问什么了，"我回答道，"你是谁？"

谁来的电话啊？我从妈妈脸上读出了她的疑问。

"噢，抱歉，利亚姆。我是来自《纪事》杂志的麦克·马丁，从警局得到一些特许来向你了解一些情况。我们很想了解一些关于那个弃婴的情况。"

"她又不是我的小孩，我不了解。"说完我就放下了电话。

马丁依然在电话那头在讲着什么，但是我已经挂断了电话。

妈妈歪着头看着我，满脸的疑问。

"发生了什么？"她说道。

"你不会相信的，妈妈，"我说，"但这确实是刚刚发生的事情。"

在我之后的讲述过程中，电话响了很多遍，我们都没有接。

爸爸冲着楼下喊道：

"快点接一下那该死的电话，利亚姆。"

然后他亲自下楼来。

"哦，"他看到妈妈吃了一惊，"你回来啦，亲爱的。"

"是的，我刚回来不久，"妈妈说道，"而且本来我以为今天只有我自己有重大消息分享呢，现在看来不是哦。"

六

第二天，电视台来了一辆采访车。马克斯和他的妈妈跟主持人乔·泰南一起站在前面。马克斯看起来是做了充分准备的，他穿了一件崭新的铁青色衬衫和干净的牛仔裤，抹了发胶的头发也是乌亮齐整。

"是不是感觉很激动？"伍兹太太在一旁问我，"你们就要上电视了，利亚姆。报纸也会同步报道的，还有杂志也是。"

她边说边用手尽量抚平马克斯的头发。

"现在你们就确保把事情讲清楚了就行。"她继续说道。

之后，她一边走出后门，一边向我妈妈招手。

"你好啊，林奇太太，"马克斯的母亲对我妈妈说道，"这件事是不是很意外？"

妈妈在那边咯咯直笑，然后说道：

"这真是个极具轰动性的事件，利亚姆和马克斯竟然要上电视了。"

"噢，还有那个可怜的宝宝。"伍兹太太随后说道。

"是啊，"妈妈回答说，"而且她当时就在我家，但我竟然自始至终没见到她。"

"可怜的小家伙。"伍兹太太说道。

乔·泰南轻轻摩擦着双手，然后望向窗外，脸上挂着微笑。他说他已经爱上了这里。对于这么小的新闻来说，电视台有点大张旗鼓了。这个事件的后续影响持续增大。它可能会传遍全国，甚至更远。

不时会传来爸爸的大笑声，他正在厨房门廊上喝着咖啡。

"我们希望您也能接受采访。"乔·泰南对爸爸说道。

"我?"爸爸惊讶道。

"是啊，你就是帕特里克·林奇，不是吗? 很荣幸能见到您，先生。事实上，我们一直在策划对您的专访。"

爸爸听完，突然惊得整张脸都扭曲起来。

"这次的事儿!"乔·泰南说道，"就好像您某本书中的故事一样，不是吗?"

"**什么**?"爸爸很诧异地反问道。

"**对啊**，"那主持人继续说道，"两个闲逛的小伙子，一个不明身份的弃婴，那些纸条上的信息和钱财……"

"钱财?"爸爸依然充满诧异，"那些几乎不能称为……"

"当然还有其他的东西。"

"其他的东西。"

"马克斯已经告诉我了。那只**寒鸦**，林奇先生。还有两位小伙子穿过田野的长途跋涉，那条蛇，这些都是看起来很诡异的事物。"

"诡异的事物?"

"这是魔力，林奇先生。这就是我们在讨论的内容，发生在这片田野以及诺森伯兰郡的魔力。"

"天哪! **那**就是你们在寻找的天使吗?"

"这不是天使，林奇先生。另外，毕竟你在作品中讲述故事时也会用到许多魔法元素。"

"但那都是**故事**。"

"确实如此，"乔说，"它们都是故事，但这次……"

"但现在是现实世界。"爸爸说。

"是的，"乔继续说道，"但是你自己也说过很多次了，现实世界正是最奇怪的地方。"

爸爸再次发出轻蔑的大笑。

"是的，确实是这样！"爸爸回应道，"但是我们不需要使用魔法把这个世界变得奇怪。"

乔没有回应，只是笑笑。

"对于这件事情，会有非常完美的合理解释。"爸爸说道。

"会吗？"乔表示怀疑，继续一边搓着双手一边轻笑，"但是在这个合理的解释出现之前，对于这件事，你还有什么其他的解释建议给我们吗？"

当天晚上六点，我们都坐在了电视机前。妈妈又给自己倒了一杯红酒，爸爸给自己倒了一品脱啤酒，而我则喝着可口可乐。

"我提醒一下你哦，"爸爸说道，"他们会剪辑掉很多你接受采访时说的话。他们就喜欢这么做，从来不会如实播放。如果今天你压根儿没出现在电视上也不要惊讶，特别是当电视上出现的是'米德尔斯堡出现了另一起杀人案'，或者'沃尔森德的某个小男孩被一条狗袭击了'之类的新闻。"

他一边豪饮着自己的啤酒，一边咕哝着这些话。

妈妈整个过程都在笑。

"利亚姆和马克斯出现了，在电视上，"妈妈说着，用身子挤了挤我的胳膊，一脸笑容，"唉，我们应该放一些我的画做采访背景的，利亚姆。下次一定要这么做！"

爸爸再次发出一阵咕哝声。

"下次！"他诧异地说道。

然后他就闭嘴了。我们出现在第一条新闻上。这条新闻是以介绍那名弃婴的情况开始的，而且呼吁社会各界力所能及地提供关于这名弃婴的身份线索。他们也希望那个戴着红帽子的徒步旅行者能够在这个时候站出来，提供一些信息。画面上的一位医生说他知道婴儿的妈妈一定是承受了巨大的压力，但是我们会对她给予充分的理解。所以请这位母亲尽快联系警方，尽快来认领自己的孩子。然后电视画面切换到"秘密的诺森伯兰郡的神秘事件"。画面上出现了层层迷雾、寒鸦的哀鸣、一闪而过的黑色翅膀，一箱子宝藏，然后是警察们围绕鲁克礼堂搜寻线索的画面。"我们处在二十一世纪，"乔·泰南突然出现在电视画面中说道，"但是否仍然有一些原始的力量——一些来自神秘和魔法的力量——在发挥着作用？"他用一种充满作秀的极为做作的口吻报道着。"请好好照顾这个婴儿，"他说，"这是上帝的孩子。"紧接着这个主持人瞪大了自己的眼睛，低语道："这些所有的事情意味着什么呢？"

"意味着没有任何价值！"爸爸怒视着电视说道，"对于每一个还未出生的孩子，你都可以这么说。"

　　然后我们看到了看起来聪明伶俐、热情洋溢的马克斯和呆板不堪的我，我的落魄相就好像我们在讲一件悲惨的往事。"寒鸦真的指引你们了吗?"这是当时乔最后的问题。"是的，"马克斯回答道，"它飞到了利亚姆家的花园，指引着我们到了那里。"爸爸的书掺杂着一些迷雾再次出现在画面里，紧接着一条蟒蛇慢慢从上面滑过。然后播放的是爸爸以前的一个专访，他的书刚开始上市的时候，当时的他看起来真的很年轻，身材很好，整个人很有朝气。"是的，"他说，"现实和小说是相互融合、互相浸润的。我们试图将两者分开，但是我们怎么能办得到呢? 我们生活在一个奇迹般的世界上，一个充斥着最匪夷所思的可能性的世界。"

　　爸爸咕哝着一些话，呻吟着，还不停地磨牙。

　　"该死的!"他说道。

　　说着，爸爸拿起一个抱枕扔向电视，之后将手里的啤酒一饮而尽。

七

我们上了全国直播，在"十点新闻"的末尾处用一个很小的新闻标题一带而过。我们还上了《世界新闻报道》，紧跟着麦克·乔丹鼻子被撞坏的新闻。《星期日泰晤士报》将我们的这则新闻跟诺森布里亚的美丽风光的旅游宣传片放在了一起。

这则新闻的关注度大概持续了一周左右，之后就热度大减。爸爸是对的，很快就有其他的社会热点取而代之。米德尔斯堡查获了一批毒品走私，一群纽卡斯尔联队的队员在码头附近发生了严重的斗殴。更大的新闻是：一名来自赫克瑟姆，名叫格雷格·阿姆斯特朗的新闻记者在巴格达被当做人质扣押。很多组织和民众都为他请愿。他的妻儿也在电视上呼吁政府能帮助他早日回家，他不应该被扣押。

警察已经寻访了几英里以内的农场和村舍。没有找到任何有关这名弃婴身世的下落。没有任何线索。戴红帽子的徒步者也一直下落不明。只是在调查的过程中出现了一个新情况：托马斯·费尔死了。尸首是在切维厄特下面一个山谷的古老村舍里被发现的。他已经死了几个月了，尸体已经腐烂，几乎只剩下骨头了。他应该有八十岁了，曾经在二战中被俘，之后再也没回过家。恢复自由身以后他就成了一名流浪汉，在北部的荒野独自生活着。夏天的时候他住在野外，天气转冷的时候住在废弃的村舍里。人们经常看到他四处闲逛、游荡，像在梦游一般。也有传言说他是一位善良的大好人，只是他从来都是沉默寡言，捉摸不定，并且享受着与世隔绝的生活。他不交朋友，没有家庭，从不与任何人打交道，也从来没有改变过自己浓重的巴伐利亚口音。他死后留下了一捆德国诗，一满箱子的财宝，其中包括：箭头、硬币、来自石器时代的石刀。这个故事口耳相传，然后就像其他新闻中的故事一样，被人们慢慢遗忘。

八

　　天气渐渐热起来，水的使用也开始受到了限制。之前湍急的河流现在开始变成了缓缓的小溪，河里的水位也下降了。马克斯跟我在花园里踢足球、爬树，在小径上漫步。在那些热得让人喘不过气来的晚上，我们总喜欢在花园里扎帐篷露营。我把短刀抛光磨利，把刀鞘弄软。我梦想着它能在我的手上得到舒适的休息。我们还谈论着那个弃婴。我展开了关于她的身世的无限遐想：她是一个仙女，那些钱是仙女黄金，她穿越时空时，被时光隧道送到我们这里；另外，她也可能是某个农夫跟女巫的小孩。

　　我们在学校旁边的田野上跟其他的孩子一起玩耍，那些小孩一边嘲笑我们在电视里看起来有多么愚蠢，一方面又总是让我们一遍又一遍地讲着那个故事。"你们当时真的没有顺手拿走一些钱吗？"他们总是在这么问。"你们简直太蠢了。"得到了回答后他们又会这么挖苦我们。

　　有一天，戈登·纳特拉斯开始讲格雷格·阿姆斯特朗。

　　"我爸爸跟他一起在学校上课，"他说道，"大家都说他就是一个非常势利的'皮条客'，他肯定是在巴格达打听和窥探了一些本不该染指的事情，他不值得我们为他掉一滴眼泪。他在那儿究竟做了什么啊？"

　　"你是指什么？他在那儿做了什么？"我问道。

"我指的就是我说的那样，老兄。伊拉克那边会怎么处理他？为什么他不留在他出生的地方——诺森伯兰郡，而出去到处惹事呢？"

"就像你这样的人做的那样？"我问道。

他停顿了片刻，直勾勾地盯着我的眼睛。

"是的，利亚姆，像我这样的人过去一直做的那样。如果我们一直在我们出生的地方待着，或许会省去很多的麻烦。"

接着他大笑起来。

"我一直在通过网络跟进这件事情，或许过不了多久，我们就能在网上看到他被砍头的视频了。"

接着他又对我咧着嘴阴笑着。

"嗨，"他说，"我知道你在想什么。我是一个顽固保守派，就像一个来自欧洲中世纪黑暗统治时期的人。但是你知道吗？兄弟，我对此乐此不疲。"

我们就这样永无止境地玩着游戏。我全情投入其中，变得越来越疯狂。在这个过程中，我也不断地长大，变得强壮，头发也留得更长了。有时候会带着"死亡交易者"出门，它就在我的臀部随着我的步伐，有节奏地摆动着。我们会锯掉一些树的枝干，制成剑和弓以及弹弓和长矛。在酷暑的时候，我们会赤膊上阵，搏斗，打架。低空飞行的无人机依然在我们上空呼啸着，我们不再捂起耳朵，而是冲着它大喊，咒骂："把它们炸回石器时代吧！"我们用油漆在脸上画条纹，把染料涂在身上。虽然我们浑身青一块紫一块，布满了结了痂的疤、刀口，但是我们不觉得疼。有时候，我看到马克斯远远避开这些，他看着我，就好像我们之间隔着十万八千里。他最近突然跟一个叫吉姆·希尔兹的女孩很好，总是会到对方家里玩，而且出去玩也在一起。我感觉自己已经跟他渐渐疏远了。有时候我觉得自己疏远了一切事物，就像我已经被卷进了外太空。

有时候，在田野里玩耍的时候，我经常会在学校教室的窗户上寻找自己。我趴在窗户外面，望向我第一次来学校时坐着的教室：矮小的课桌和椅子，墙上的绘画，插图书。我记起来我们在炎热的下午身体发出的气味，我们唱过的歌，我们表演过的话剧，美味的午餐，慈爱的老师。目前我在赫克瑟姆读高中，而且此时此刻我很享受趴在教室窗户上，回望过去，我仿佛看到自己正在跟马克斯还有其他一些小家伙一起画画的场景，还看到郁郁寡欢的纳特拉斯因为做错事而在角落里被罚站。

有一天，我发现马克斯就站在我身边，跟我一起趴在教室窗户上往里看。吉姆就在距离我们几码远处，就像马克斯刚刚离开，现在她等着马克斯回到她身边一样。

"这很简单，不是吗？"我说道。

"什么？"

"作为一个小孩子，一直被保护着。"

他耸耸肩。

"可能是吧。但是为什么呢？你想再次成为小孩子吗？"

"我也不知道。"

然后我举起了手，拿着一把国产矛枪，假装要刺向他，然而我只是大吼着返回了田野。

我不想再回到小时候，但是有时候我又希望自己能回到儿时。我想成为过去的自己，也享受当下的自己，更喜欢将来的自己。除了自己，我不想成为任何人。我想变得像月亮一样疯狂，像狂风一样野蛮，像大地一样从容镇定。我希望成为这世间的任何一样东西。我在长大，但其实我不知道怎样长大，我在生活着但其实我还没有真正开始学习如何生存。有时候我会自我封闭，从凡尘中消失一段时间。有时候我会觉得自己不属于这个世界，就好像自己从来就没有存在过一样。有时候我几乎不能思考。我的大脑时常会一片混沌，然后产生很真切的幻觉。马克斯还是会偶尔来我家花园跟我一起露营，但是我们已经失去了对彼此的耐心。

有天晚上，他在跟我讲起吉姆的时候说道：

"你应该找个女孩跟你玩。"

"我不想要女孩子陪我玩。"

"但是你应该这么做。"

他甚至说：

"你应该剪掉长发，或者至少应该把头发打理得整齐利落一些。"

"什么？"

"那才是人们喜欢的样子，利亚姆。"

"什么？你多大了？四十七岁了？"

"当然不是，"他说道，"但是**我在学着成长。**"

他躺在那儿，注视着我。可能我们都认为不应该挑起这场"战争"。我们是如此默契的朋友，我们在一起做了那么多的事情。之后大家都缄默了一会儿。然后他打开了话匣子，只是这次他说的话题就像以往我们的聊天一样，他说他最近都在思考一些很重要的事情，比如有关我们的庇护所、隐匿点，比如有关我们的"宝藏"，再比如说诱捕兔子的新方法啊之类的。

"我最近一直在想很多事情，"他开始说道，"而且也跟爸爸和老师都进行了沟通。"

"真的?"

"是的，关于未来的一些事情，关于我将来的事业规划、发展方向之类的。"

"真的?"

"是啊，当然是真的。我觉得我将来应该会从事类似农业工程师这样的职业。"

"什么?"

"是的。我爸爸一直从事这个领域，而且说这个领域存在着很多的机会。"

然后他又讲了许多关于这个职业的具体工作是什么以及它会给生活带来怎样的变化，之后我们不久就进入了梦乡。

我认为他的梦乡应该是跟吉姆结婚，跟拖拉机和收割机打交道，在各个国家很漂亮的会馆里开各种学术会议。然而我的梦想里充满了战争、蛇、血淋淋的伤口，灾难和死亡。我一直都能感觉出有一股血在我的皮肤上缓缓流淌。

九

有一天，妈妈正在给我擦伤的胸部涂药膏。她很仔细地检查着我身上的裂痕、已经结痂的疤痕和伤口，然后告诉我说以后玩的时候要更当心一点。但是爸爸对她发出一声轻轻的不以为然的咕哝声。

"他是正值青春叛逆期的小伙子，"爸爸说道，"不要管，让他去。如果都没有流过血，生活在这样的山野丛林还有什么意义？"

然后他指着我的身体，指着所有那些刮擦伤口、结痂处以及条纹状的疤痕，说道：

"不管如何，你看，他的皮肤就像你的画……"

妈妈停顿了一会儿，向我表达对我的"敬意"，接着开始更加温柔地用指尖轻触我身上的那些"沟壑坑洼"。

"好吧，好吧。"在我慢慢退后的时候，妈妈喃喃道。

接着她用双手食指和拇指比了个长方形的框，就好像我的某块区域的皮肤被她框住了一样。

"你是对的，"她对爸爸说道，"这孩子本身就是活生生的艺术作品。"

十

一个周六的早上，我正在一个人闲逛，听到有人喊我的名字，还有一阵笑声，我很愚蠢地四下张望。一颗小石子从天而降在我身边落下，紧接着是另一颗。然后纳特拉斯和他的同伙埃迪以及内德，从一个废弃的牛棚后面跳出来了。

"你看起来情绪很低落啊，兄弟，"纳特拉斯说道，"怎么了，是恋爱了还是有其他什么事情？"

说完，他跟同伴一起对我大声嘲笑起来。他们看起来都脏兮兮的，身上露出来的皮肤都布满了泥土和汗渍混合浸染的条纹。

"看见你的时候，"他说，"我们就想，或许可以让你一起加入，或许你可以为我们的游戏贡献力量。"

"什么游戏？"我问道。

"过来看看，"他笑着说道，"如果你加入，要很小心，你会很容易受伤的。"

然后他们领着我回到他们来的地方，穿过牛棚，钻进纳特拉斯家后面一条狭长的农圃。这里杂草丛生，有一个坏了的温室棚，里面有一棵白蜡树，还有一些野生的荆棘和树莓。我想起来了，这里是纳特拉斯的地盘，他常来的地方，他的隐匿处。过去我们经常在这里玩耍，直到我们不再要好，直到我开始总是跟马克斯一起玩。

他们已经在此清理出来一片空地，并画出一个正方形的区域，在这个区域里挖了一个深坑，铁锹就放在旁边挖出来的土堆上……

"看到了，这就是我们正在进行的游戏。"纳特拉斯说道，"把你想问的问出来吧。"

说罢，他用脏兮兮的手擦拭掉从眉毛处流下来的汗液。

我向下望了望深坑。没有宝藏，很平常：只有一些石头、盘根错节的树根和一些泥土。深坑看起来大概有六英尺宽，目前已经被挖得有两英尺那么深。

"问吧。"他再次催促我道。

"好吧，那你现在准备用这个坑做什么？"我问道。

"我们在给你挖墓地，利亚姆。哈哈哈哈！"

说音刚落，另外两个同伴就跟他一起捧腹大笑起来。

"开玩笑啦，"他说道，"找把铁锹，跟我一起挖，利亚姆。要不然你现在回家去，明天再回来一探究竟。"

"如果你够胆的话。"埃迪说道。

"是啊，如果你够胆的话。"内德也随声附和道。

说完这三个人聚在一起嘀咕了半天，然后笑作一团。我朝他们吐了口唾沫，扭过脸去。

"只是有一件事，"纳特拉斯再次说道，"我们希望你对这件事情守口如瓶。行吗？兄弟。"

我没有应声，只是看了看他，然后转身就走了。

第二天我再回到了那里。在经过牛棚的时候，就听到了孩童的声音。这个时候，有两个小女孩正要离开农圃，朝我的方向往回走。

"不要去啊，利亚姆。"其中一个叫做南茜·斯洛娜的小女孩说道，"里面太恐怖了，简直可以说是凶残。"

她的这番话倒是更加激发了我的好奇心。我耸耸肩，对她们笑了笑，就径直从她们身边走过。

有一群孩子聚集在那里。

"让利亚姆过来！"纳特拉斯喊道。

我侧身穿过人群，跟其他人一样，探过身去向下望。现在深坑已经有三英尺那么深了。里面有三条蝰蛇，其中两条蜷缩着身子一步不动，另一条慢慢滑行着、蠕动着。它拼命地一次次将头尽可能地抬高，以便能够得上深坑的边缘，借此逃出深坑，但是一次也没成功。纳特拉斯一边笑着一边用一根木棍敲打着那条蝰蛇的背部。然后我发现，角落里还有几只老鼠缩成一团，看起来吓得身体僵直，瑟瑟发抖。

"它们都是野蛮凶残的东西，利亚姆，"纳特拉斯说道，"或许在像你这样的城里人看来，它们是有灵性，有魔力的。但是它们会袭击农民、牲畜、行人，甚至还会咬伤在田野上戏耍的孩童。尤其是像现在这种酷暑天气，它们的凶残程度是往常的十倍。所以我到处在田野里猎捕它们，让它们待在我这个深坑里，总比让它们在外面到处残害生灵的好。"

说罢，他再次撩拨起里面蠕动的蝰蛇。蝰蛇被激怒了，张开了血盆大口，露出了獠牙。纳特拉斯见此状紧张得抿了一下嘴唇，深深地咽了口唾沫。

"看，我说什么来着，兄弟，"他见机说道，"只要它看到你，就会习惯性地去咬你。"

我从草地上捡起一个枯枝，试着碰了碰其中一条蝰蛇。只见它警觉地蠕动着、扭曲着身体，然后张开大嘴，露出自己的满嘴獠牙。我再次用木棍碰了碰它，这次它奋起咬住了木棍。我能感觉到从木棍另一端传来的震颤。

纳特拉斯看此状，阴阴地笑起来。

"这就对了，利亚姆，"他说道，"激怒它们。"

然后他环顾四周的围观者。

"那么，"他继续说道，"谁第一个来？"

说着，他拿来一个约六英寸宽的厚木板，置中横放在深坑的洞口。

大家一片哗然，随后人群中传来大笑声、错愕声和隐隐的咒骂声。紧接着，几个孩子吓得转头就跑了。

"好啊，想走的赶紧走吧，"他说道，"但是记住，对外不要说一个字。要不然的话……"说完，他大笑起来。"胆小鬼！"

"我要试试。"埃迪说道。

"我知道你想试试，"纳特拉斯说，"不过你呢？利亚姆。"说着他瞪着眼睛，缓缓走向我。我握紧拳头准备好跟他干一架。但是他只是走到我面前，轻击了一下我的胸口。

"跟大家开个玩笑啦。我不会强迫任何人做自己都不愿意做的事情。"

说着他就跳上了那张宽木板，漫不经心地径直从木板的一端走向另一端。紧接着，他又走了第二遍。只是这次他站在悬空的木板中间，上下弹跳了几下，然后假装自己要摔下去的时候，一个健步跨到了离木板三步之遥的空地上。后来我们都照此做了，很简单。站在木板上，我们也会战栗，呼吸紧促，总是害怕会掉下去。但事实上，这很容易。我们会在木板上停顿，当蠕动的蝰蛇突然张开它的血盆大口狠狠地咬向一只老鼠时，我们总忍不住停下来低头注视。被咬的老鼠躺在地上，蜷缩着身子战栗着、抖动着，挣扎一会儿就一动不动了。其他的老鼠开始"吱吱吱吱"叫起来。蝰蛇开始向另一只老鼠发起攻击，然后被咬的这只也是在地上抖动着挣扎一会儿就一动不动了。纳特拉斯一边为老鼠们表示叹息，一边又狂笑不止。另一条蝰蛇开始移动，然后它们开始努力地想要"脱身"，各自都将它们的头抬起来离开地面有六英寸那么高。我们都蹲在深坑的边缘处，注视着这一切。

"加油啊，我的小美女们！"纳特拉斯对着那两条"努力"逃脱的蝰蛇喃喃道，"继续啊！"

只见这两条蝰蛇彼此看了对方一眼，然后急速地滑向对方。它们扭在一起，然后分开，最后停留在深坑的两边。第三条蝰蛇也开始移动了，在坑内慢慢蠕动。

我们在上面，默默地看着这一幕，惊讶得目瞪口呆。

"第二场表演就要开始了，"纳特拉斯说道，"这个游戏很简单，对不对？"

然后他举起一个黑色的头巾，说道：

"这个可以为我们的游戏增加更多的刺激。"

说完他就用这个黑色头巾蒙住了自己的眼睛，紧接着又有一些孩子回家了。这一次又是纳特拉斯第一个开始尝试——蒙着眼睛在厚木板上行走，凭感觉为自己指路。他下面所有的蛇都开始慢慢滑行起来。纳特拉斯走得很慢，走一小步，找一下平衡，然后再往前踏出下一步。终于到达深坑另一端之后，他解下蒙在眼睛上的头巾，握紧拳头。轻轻一笑。

然后他晃动着手里的头巾，问道：

"下一个谁来？"

埃迪成为了第二个，紧接着是拉德，罗德·休斯，内德，然后是我。无边无际的黑暗以及脑海中对脚下这些蛇的想象，会让人陷入极度的恐惧，这种恐惧使横跨深坑也变得极为惊悚，恐怖。但我们还是很容易就做到了。你只需要专注：向前迈出一步，伸出胳膊保持平衡，然后再跨出另一步。最恐怖的就是当你走到木板中间的时候，由于身体的重量，木板极度下沉，然后你会感觉到那蟒蛇的毒牙离你只有一英尺的距离。但是我们都知道，即便是蒙着眼睛，我们也可以很轻松地跳到深坑的另一端。而且在场的其他人也会给你指示：两大步，一大步。而且当你感觉自己力不从心，发出求救信号的时候，他们也会伸出胳膊去帮助你。于是你内心很肯定地知道有人会一直帮助你，会伸出自己的胳膊或者是手，去帮助你。

游戏进行了几轮之后，大家就开起玩笑了：**你就快要到了哦！啊哈哈哈哈哈，小心！左边一点！哦，不，我的意思是说右边一点！木板快要断裂了，快跳！快跳！**

然后我们一帮人相互推搡着、玩闹着继续着这个游戏，在这个过程中，伴随着我们咯咯地傻笑，狂妄地大笑以及偶尔开玩笑似的

咒骂。这个游戏让我们感到兴奋、恐怖。到后来我们再蒙着眼睛赴
木板的时候，知道非但没有人会帮上忙，而且当时存在的干扰只会
让事情变得更糟，让"跨越深坑"这件事变得更难。你行走在厚木
板上，蒙着眼睛，想象着脚底下深坑里慢慢滑行的蝰蛇，想象着它
们扭动的身体、张开的大口、锋利的毒牙和致命的毒液。然而尽管
如此，我们这帮人还是疯狂地、抑制不住地玩着这个游戏，因为它
太具诱惑力了，我们在此之前从未玩过类似的游戏。当然，后来还
是有人掉下去了。埃迪·马克斯，一个十二岁的瘦得皮包骨头的小
伙子。我们在旁边对他瞎起哄的时候，他已经在厚木板上摇摇欲坠
了，后来他反应不够及时，没有到达深坑的另一端就急着从木板上
跳下来，结果就不幸掉进了坑里。掉下去之后，他惊慌失措，拼命
试图攀着坑壁向上爬，我们在他努力爬上来又不幸快要掉下去的时
候，及时抓住了他，把他拖出了深坑。坑里的蛇没能靠近他。我们
把他拖出来，移在了旁边的草地上，他躺在那儿像个婴儿一样大声
尖叫，情绪崩溃。我们中的大多数人也都惊魂未定，大口喘着粗
气，浑身战栗，发抖的双手放在嘴边防止自己吓得喊出声来。纳特
拉斯在我们中间走来走去，而且发出阵阵轻笑。我看着这一切，再
看看纳特拉斯的反应，快要气炸了，于是一个箭步走到他身边，猛
推了他一把，把他推倒在地，然后勒住了他的脖子。他使劲挣脱了
我，然后我们在草地上翻滚着，扭打在一起。我尽量要把他拖到深
坑边上。这个时候我看到埃迪和内德朝我们走来，我以为用不了几
秒钟，他们就会在我脸上来一脚，但事实证明他们并没有。无论如
何纳特拉斯都比我强壮一些，他很轻易地打败了我，然后站在一旁

狂笑。

"噢，利亚姆，"他说道，"本来我以为像你这样的男孩子应该总是热爱和平，对世界充满爱，对谁都笑脸相迎。但从今天看来，其实你像我一样，也是个坏孩子嘛，难道不是吗？兄弟！"

说罢这些，他把我拖起来，一边嘲笑我，一边朝我吐口水，我身上有些地方被擦伤，已经渗出血来。这个时候我多希望自己把"死亡交易者"带在身上，这样我就能用它吓走纳特拉斯了。

他最终把我拖进了深坑里。

"过来咬这个王八蛋！"他对着那些蝰蛇大声吼道，"快点。"

那些蛇开始滑动，蜿蜒前行，但是并没有向我靠很近。

"快来呀！"他再次吼道。

就在这个时候，从纳特拉斯家里传出一个男人的声音，声音仿佛来自藤蔓丛生的农圃的尽头。

"戈登！"

纳特拉斯突然陷入一片缄默。

"戈登！"声音再次响起。

"怎么了，爸爸？"纳特拉斯大声回应道。

"你到底在外面搞什么鬼？"

纳特拉斯看看我，他的爸爸身患残疾，在多年前的一次拖拉机事故中失去了右臂，总是待在家里很少出门，村里的人几乎很难见得到他。我记得他，总是待在昏暗房间里的沙发上没精打采地看着电视。我记得那虚掩的门，房间里小便的骚臭味，过期啤酒散发的酸臭味以及香烟的气味。

"没什么，爸爸！"纳特拉斯对着屋里喊道，"我们只是在胡乱闹着玩，爸爸！"

他任凭我在坑里挣扎。

"这就对了，"他小声说道，"你自己尽情地在里面瞎胡闹，尽情地玩耍，如何？是不是很开心？"

我跪下，又站起来，浑身上下布满了血、鼻涕和唾液，我已经分不清哪些是自己的，哪些是纳特拉斯的。他也在收拾自己。

"'利亚姆·林奇在本质上到底是什么人呢？"他轻声低语道，然后慢慢靠近我，"你在本质上是跟我一样的人，利亚姆。就像你一直以为的那样，如果实话实说的话。"

"戈登！"屋里的声音又再次响起。

"怎么了，爸爸？怎么啦？"

然后他向其他人招手，说道：

"散了吧，你们所有人都散了吧。快点。"

其他人都开始陆续离开。

然而我还是躺在草地上吐血。

"我们是结拜兄弟，"他说道，"记住了吗？我们是血脉相连的兄弟。"

"滚开，纳特拉斯。"我轻声低语道。

"好吧，兄弟。但是你已经是我这边的人了，这一点你很清楚，不是吗？"

"戈登！"

当我努力站起来，推开他，然后离开的时候，他又对我发出轻蕤的轻笑。我跟着其他人一起，经过废弃的牛棚，朝家的方向走去。埃迪·马克斯走了没多远，就蹲伏在临近的田野里，不停地呕吐。我轻声对他说，他会没事的，这些令人恐惧的事情都会过去的。

我转身向后回望了一下，纳特拉斯依然站在深坑的边缘处。只见他举起铁锹，不停地向下挖，一下、两下、三下……然后也朝自己家走去。

十一

　　那个弃婴还在医院里接受各项身体检查。她已经被纽卡斯尔的一户人家收养。目前她很好很强壮，也很健康。《纪事》杂志上有一张她跟护士们一起欢笑的照片。独立电视台也播放了她跟她养父母一起生活的欢乐的日常。

　　他们给她取名艾莉森。

　　"她应该叫做珀迪塔的，"爸爸说道，"就像莎士比亚在其作品《冬天的故事》里为那个弃婴取的名字，珀迪塔。"

　　我在电视上看到艾莉森躺在她养母的膝盖上。我仿佛还能感受到她的身体，还能闻到她的气味。

　　"噢，天哪。看看她啊，"妈妈喊道，"到底是谁会舍得遗弃这么可爱的小家伙啊？"

　　"这小家伙到底是谁呢？"我说道。

　　之后新闻转到一则城市里的交通肇事逃逸事件，然后就是报道巴格达的战事。死掉了更多的士兵，包括那两名来自盖茨黑德的小伙子。

　　"她到底是谁呢？"妈妈跟着我重复道，"她是一个黑暗世界里的耀眼之光。那就是她。"

　　然后妈妈说我们应该去看一看她。

　　"不要去，"爸爸说道，"让她在目前的新生活里独立成长吧。"

"在她自己的生活里独自成长！"妈妈诧异道，"她才几个月大，而且，不管怎么说，利亚姆也算是她的一位家人了，"她边说边笑了起来，"他就像她的一位大哥哥。"

爸爸没有再接话，而是转头上了楼。妈妈拿起电话打给社会服务机构，提出想要去看艾莉森的请求。对方断然拒绝了她的请求。然后妈妈说她是利亚姆·林奇的母亲，利亚姆就是发现弃婴的两个小伙子之一，对方听完这些，就爽快地答应了妈妈的请求。

所以我们三个在第二天去了纽卡斯尔。离开乡下的寂静，我们跳进了城市的喧哗。马路西侧是一排卖纱丽、水果和各种调味料的商店，还有印度餐馆、波斯人餐馆，土耳其外卖店。爸爸惊叹着他看到的一切。多民族多元文化融合得如此之快，爸爸不禁说道。一点都不像我们居住的白人聚集的乡下。

"那我们就赶快搬回来住吧，"妈妈立马接话道，"跟我一起在城市里好好生活。"

"你当然这么想了。回到这里，跟你的美术馆、咖啡馆以及杰克·史考特的校友待在一起。但是你觉得我有时间跟你一起搬来这里吗？你看看我的出版计划。"

妈妈摇了摇头，转向我，轻轻叹了口气。

"这让我想起来，过去他经常跟我讲，他创作是因为他热爱。"她说道。

这个寄养家庭是个很大双门厅的阶梯型住宅，有着亮红色大门，所有的窗户都用花格窗帘装饰起来。

来给我们开门的男人穿着那些菜场上肉贩才会穿的那种围裙，

伸出热情的双手向我们表示欢迎，他的手又肥又软，就像他身上的其他地方一样。眼睛小但很明亮。

"你们一定是林奇一家，"他说道，"而你一定是帮我们找到可爱的艾莉森的利亚姆，我是菲尔，这位也是菲尔。"

说着他介绍了已经来到他身后的这位女性。

"我是菲洛米娜，"她说道，"他是菲利普。所以我们是菲尔和菲尔①。快请进。"

我们一家三口坐在巨大的厨房餐桌一侧的长凳上。餐桌中间摆放着两大根长棍面包，一碗沙拉和一大盆果酱，菲利普还在煎着香肠和番茄。我看到还有另一个门通向一间半开着的房间。我隐隐地看到有两三个女孩子挤坐在一张沙发上。还有人在弹吉他，有人在击鼓。

菲洛米娜给我的爸爸妈妈煮了咖啡，给我拿了一些橙汁和一大块巧克力蛋糕。

"宝宝在小睡，"她说道，"待会儿我再把她抱过来。"

她轻轻抚摸了一下我的脑袋，然后说道：

"你看起来就跟在电视上一样，一看就是一位好小伙儿。"

"果然跟大家说的一样。"菲利普也附和道。

"非常的上相。"菲洛米娜继续说。

"对对对，就是那个意思。"菲利普又说。

----

① 这家男主人名为 Philip，女主人叫 Philomena，所以他们简称双方为：Phil and Phil。

说罢，菲利普用夹子夹了一块刚煎好，还在发出"嗞嗞"声的香肠给我。

"奥利弗！"他朝那扇半虚掩的门的方向喊道，"过来吃饭啦，儿子！还有克里斯特尔，你去看看咱们的小宝宝是不是已经醒了，亲爱的！"

奥利弗是个黑人小伙子。他很有条理地摆放好了刀叉和马克杯。我在这个过程中瞥到他的面颊处有一条很长很深的疤，像是刀疤，另一处的疤在他的喉咙处。

"这是奥利弗，"菲利普向我们介绍道，"他来自利比里亚，是我们的骄傲。"

说着，菲利普走到他身边，用手臂给了他一个大大的拥抱。

"他也是一名被遗弃的孤儿，"菲利普继续说道，"从地狱爬了出来，花了一年的时间在卡车上横跨欧洲，然后再坐船，之后换另一艘船，直到他颤抖着出现在卡拉姆灵顿环形公路的一侧，不省人事。到了结束这一切的地方了，不是吗？他是如此强壮，勇敢，又充满智慧。他是一个很好的男孩子。我说得没错吧？儿子。"

"是的。"奥利弗说道。

菲利普看了看我。

"我们不知道自己是怎么来到这个世界上的，不是吗？我们也不知道自己是多么幸运。"奥利弗平静地说道。

我盯着奥利弗脸上的伤疤，看着他平静的眼睛。他仿佛能看穿我，并笑对这一切。

"他们想要把我送回去。"他说道。

"回利比里亚？"

"是的，回利比里亚。"

"他们说他在撒谎。"菲洛米娜说道，"他们说他至少有十七岁了，而事实上他只有十四岁。他们说他讲述的自己的身世是假的，但其实所有这一切都是真的。"

"而且，你们看看他，"菲利普说道，"还有什么比他更能代言那个所谓人类本性的吗？那叫什么来着？"

"心理韧性，达观的精神。"菲洛米娜于是赶快接话道。

"对，就是这个心理韧性，"菲利普急忙补充道，"嘿，或许你可以把自己的故事寄给林奇先生，奥利弗。"

"他的故事？"爸爸问道。

"这是个即便是你最坏的敌人，你也不愿意诅咒他去遭遇一遍的故事。而且他正在写这个故事，是不是？奥利弗。"

"嗯。"奥利弗回答。

"是的，"爸爸说道，"你可以的，奥利弗。"

他到底是什么意思？这种事情时常发生。人们经常会对爸爸说，我有一个故事，而且我已经开始写一本小说了，你有什么好的建议给我吗？这个时候他总是会给出很油滑的回答。事后，他总是会摇摇头说，建议？很简单。老老实实地坐在一把椅子上，努力地工作，不停地写。

这一次，尽管爸爸看起来对他的这本小说很感兴趣，但是奥利弗却一直摇头。

"不，我写下自己的故事只是为了当下，为了我自己，或许还有那些爱我的人，"他边说边继续为客人摆盘，"讲述事实是很费时的，林奇先生。"

"是的，"爸爸回答道，"而且你必须有很强烈的想要讲述的欲望。"

"我知道，林奇先生。"奥利弗说道。

"宝贝来喽！"菲洛米娜突然欢呼雀跃地叫起来。

十二

这时候，一个骨瘦如柴的有着天然金色鬈发的小女孩抱着婴儿进来了，看起来大约十四岁的样子。她在我身边坐下来，然后把宝宝放在我的膝盖上。

"这是利亚姆！"她对着宝宝说道，"快看看他啊，他回来看你了。"

宝宝抓住了我的手指。我俯下身去闻她那天然的显得有点奇怪的气味。我此时激动不已，睁大了眼睛，时不时的发出咕咕声和唏嘘声去逗她，然后我跟艾莉森都乐开了花。

"又见面了，小家伙。"我轻声对她说道，然后妈妈把她从我身上接过去，开始她自己新一轮的惊喜，开始用自己的方式与艾莉森互动。

"你救了这个宝宝，"金发女孩说道，"你是个英雄。"

这个时候我才得以看清了她的脸：她的眉毛上打了银色的眉钉，鼻子上穿了极小的鼻环。身穿黄色的T恤衫、修身连裤袜和运动鞋。

"我是克里斯特尔，"她自我介绍道，"我是个惹事精。"

"她是克里斯特尔，"菲洛米娜在一旁补充道，"她很可爱。"

克里斯特尔对菲洛米娜的话报之一笑，然后淡淡地说声："可爱的人！"

更多的孩子涌进来，有六个吧。他们纷纷坐下来，然后开始享用香肠、番茄、沙拉和面包。他们看起来都很友好，来自各个国家，年龄上存在差异，有年幼一点的，还有几个年龄稍大一点的青少年。他们都很友好地对我们打招呼，对宝宝招手致意，还一直瞪大眼睛好奇地看着宝宝。其中两三个孩子还过来向我爸爸要签名。

"你们住的地方，"克里斯特尔说道，"很漂亮，对吧？"

我耸耸肩，说道：

"据说是这样。"

"据说？我在电视上看到过那里的风景，**确实很美**啊，"说着她环视了一圈桌子旁的人，"很美，是不是？我们都在电视上看到过，不是吗？那里确实很美，是吧？"在座的大家都哈哈笑起来。他们都表示赞同。"看到了吧？"克里斯特尔趁机说道，"不要太相信自己在电视上接收到的，要眼见为实。"

说完，她就开始继续吃自己的烤肠。

"或许我会亲自到那里去看你呢，"她边吃边说道，"或许真的有一天，我会跟我的朋友奥利弗一起过去找你玩，那一定会招来你邻居的议论的——像我们这样的两个人在你们的田野上各种聒噪。你觉得呢？奥利弗。"

奥利弗的目光，越过餐桌，投向我们。他笑了笑，克里斯特尔也向他眨了眨眼睛。

"比回到利比里亚强，是吧？"她继续问道。

她又再次看了看我，脸上蒙上了一层苍白的灰色，亮闪闪的绿眼睛直勾勾地盯着我。

"你会拒绝我们吗？"她一脸狐疑地问道。

我努力地摇着头。

"就是，"她说道，"我猜你也不会。"

我们吃完饭。妈妈依然在摇晃着膝盖上的宝宝，同时在跟菲洛米娜沟通着宝宝的睡眠、饮食以及所需的衣物。

克里斯特尔再次直勾勾地盯着我。

"我家人全都死掉了。"她突然很突兀地说道。

"克里斯特尔！" 菲洛米娜听到以后，略带斥责的口气喊了她一声。

"好啦，没关系啦，"克里斯特尔说道，"他也是个大孩子了。"

说完就将满满一勺的食物塞进了自己的嘴里。

"谁干的？"我问道。

"全家人都死掉了。我妈妈，爸爸，妹妹。他们都死于一场火灾，"之后再次用她那亮闪闪的绿眼睛盯着我，仿佛要用眼神把我刺穿，"没有人站出来表示对那场火灾负责，不是吗？"

她是对的，那场火灾并没有引起人们的关注。

"在人们看来，这事儿太小了，就像那个被遗弃的可爱的小宝宝一样。所以我也不太记得了。"

说着她撸起自己 T 恤衫的袖管，她胳膊上的文身赫然在目，那是一团火和一只鸟。

"我当时就在那儿。"她继续说道。

当我正在努力弄明白这文身的意义时，她发出一声轻笑。

"这是只凤凰！"她说道，"我就是从那场火灾中涅槃的这只鸟!"

说着她就跳起来,然后一边忽闪着胳膊一边大笑。

"当心火哦!"她大声警告道,然后迅速地坐在了菲洛米娜的膝盖上,就跟个小孩子似的,靠在菲洛米娜的身上,盯着我看。菲洛米娜满脸慈爱地抚摸了一下她的头。

妈妈依然在抱着宝宝,并且换了个姿势,把她竖起来抱在了胸前。

"这小可爱接下来会怎么样?"妈妈问道。

"这个不好说,要看情况,"菲洛米娜回答道,"如果政府部门没有具体的安排,最后还是没能找到她的家人,到最后她就应该被其他的家庭收养吧。"

听完,妈妈又慈爱地摸了摸艾莉森的脸颊。

"会有很多人抢着要来收养你的,"妈妈说道,"是不是?小宝贝。"

之后很快我们一家就要起身离开了。爸爸已经站在门口,急不可耐地等着回家了。妈妈还在跟菲洛米娜耳语些什么。克里斯特尔来到我的身边,羞涩地说道:

"我并没看起来的那么蠢。"

"你才不蠢呢。"

"有时候我只是不知道该怎么跟正常人相处,你正常吗?"

"我不知道。"

"或许我们都是正常的,也或许在某些事情上我们都是愚蠢的。你觉得呢?利亚姆。"

"我说不好。"我又一次回答道。

"我也是。"她说着挠着自己的头，然后将食指按压在自己的脸颊上。于是脸上的粉底在她的指尖晕开来，就像石膏一样。

"发生的这些所有的事情，对我来说就像是一种神秘的存在。"她再次说道。

在我们快要离开的时候我还是回头看了看，然后发现奥利弗也在盯着我，艾莉森也是，还有克里斯特尔。

"再见。"她说道。

"再见。"我回应道。

十三

"不!"爸爸严词说道,这时我们正疾驰在前往西部的空旷陆地上,"不!我不想要履行这个义务,而且我也没有时间,更重要的是我不想在家里养着一个来历不明的神秘的孩子。"

妈妈这时候变得缄默不语。

"我跟利亚姆会照看她的,"然后她把脸转向我,"你会帮我一起照顾这个孩子的是吗?儿子。"

"你怎么知道你会为此付出什么代价?"爸爸继续说道,"如果这孩子的亲生父母回来找她怎么办?你会怎么让自己接受那时候她的离开?你会舍得吗?"

"当她的亲生父母回来找她!"妈妈诧异道,"你要明白,这不是你那些愚蠢的书里的故事。"

"愚蠢!"爸爸怒吼道。

在他的激怒之下,车子也飞奔起来,已经飙到了九十码。

"不管怎么说,"爸爸稍微冷静下来后继续说道,"你目前这个决定是很不明智的,你的工作刚刚步入正轨。自从利亚姆来到我们家以后,已经够累的了。"

"你说什么?你宁愿利亚姆没有来是吗?"

爸爸一说出口就立马懊恼起来,把牙齿磨得直响,然后看着我说他不是那个意思。

"不要犯傻了，"爸爸继续说道，"不管怎么样，就像他们说的一样，这孩子的家人现在没有来找她，不代表永远不会回来找她。如果他们来了，你以为我们这种年龄，还有什么机会能留住这个孩子吗？"

妈妈默不作声，只是低头摆弄着自己的手指。

"噢，这个我不知道，"她终于回应道，"我们还没有那么老，而且我觉得我们还是有一定的经济优势的。"

"这些可是得益于我那些愚蠢的书。"

"正是这样，"妈妈说道，"多亏了你那些愚蠢的书。"

当爸爸已经把车速飙到一百码开外的时候，我重新检查了我的安全带。

十四

这一切都发生得太突然了。几天以后，我跟妈妈在厨房，打电话到菲利普家想问问艾莉森是否一切都好。

"心脏病发作？"妈妈倒吸了一口气。

她打开了扬声器，电话那头传来了菲洛米娜的声音。

"是的，就在你们走的第二天，亲爱的。"

"他现在怎么样？"妈妈急促地问道。

"他已经做了心脏管状搭桥手术，现在好多了，医生已经在讨论把他移出重症监护病房，而且他已经开始喊着要吃烤肠了。但是谁会理他啊，这些天他必须只能吃药，对吧？能活下来已经是个奇迹了。"

"那孩子们怎么办？"

"我还在'前线坚守阵地'，还雇了几个临时工跟我一起照料这些孩子。但是他们马上就要被分开送回各自的收养家庭了。"

我跟妈妈互相对望了一眼。

"那艾莉森怎么办？"妈妈试探性地问道。

"不要担心，我不会让他们去任何一家我没有见过或者没有审查过的收养家庭。"

妈妈开始不做声，只是咬着自己的嘴唇。楼上传来爸爸打印机的嗡嗡声。我紧紧握住妈妈的手。

"说呀。"我在电话这头对妈妈耳语道。

"菲洛米娜,"妈妈开始说道,"如果我想成为其中一名收养人,你看怎么样?"

菲洛米娜开始在电话那头大笑起来。

"为什么我听到这些已经不会感到惊讶了呢?"她说道,"当然,成为收养人必须要填很多的表格,还要给人留下足够深的印象,但是到最后,我们的考量标准还是收养人是否具有爱护孩子的能力。当然我的推荐信也是非常具有影响力的。"之后她停顿了片刻,我们听到她声音里的笑意,然后继续说道:"你愿意我挑选一些申请表格给你填吗?林奇夫人。"

当天晚上,我跟马克斯依然住在我家花园的帐篷里。夜晚很暖和,我们开着帐篷口,天空中有飞来飞去的蝙蝠。我告诉他关于奥利弗和利比里亚的战争,我还说了伊拉克和格雷格·阿姆斯特朗,世界各地一直都存在的那些砍头的刑法和自杀式炸弹,战争和屠杀。而且随着我的讲述,好像我思考得越多,这些事情就更严重一样。我告诉他这些事情到底有多么恐怖,以及它如何看起来离我们越来越近,甚至好像第三次世界大战就快开启了一样。

"第三次世界大战!"马克斯几乎要惊得跳起来了。

"是的,第三次世界大战。我的意思是说我刚刚见了一个小伙子,他经历了百万里以外的利比里亚战争,而这个小伙子现在就在我们的身边,在纽卡斯尔。所以你说我们难道不是离战争很近?"

马克斯用力地摇着自己的头。

"该死的,"他说道,"听着,我今天还在跟金姆讲……"

"哦,是吗?"

"是的。而且她也跟我讲了来自华克的小姑娘贝基·史密斯,她推断……"

"贝基·史密斯。"我重复道。

"是的,而且……"

"对了,还有另一件事儿可能要发生了。"我说道。

"什么事儿?"

"那个弃婴,"我说,"我想她可能要来我家跟我们一起住了。"

是的,事情确实达成了。妈妈递交了申请收养表格,而且在市政厅接受了那些相关人员的问询。之后他们也来我们家参观,跟我们家的每一个人面谈。爸爸一直都很平静,他已经表示同意,而且很开心宝宝会搬来跟我们一起住。是的,爸爸会很爱这个婴儿而且会好好照顾她。这件事情进行了好几周。在这几周里,市政厅的那些人不断地找我们谈话,评估我们,能够看得出,他们对评估结果还是很满意的,都觉得我们这个收养家庭的条件是不可思议的好,宝宝马上就要融入天堂一般的家庭生活。

菲洛米娜这中间也来过我家很多次。

"这对艾莉森来说是一个多么完美的家啊,"她不禁感叹道,"你们一家人对她来说简直就是最完美的亲人。"

又过了几周,天气变得越来越热了。艾莉森已经被抱来跟我们一起生活了。她现在就在隔壁房间的摇篮里。她来到我家的第一天晚上，我们就站在摇篮的旁边注视着熟睡中的她，感觉到她的眼珠子在眼皮下面转来转去。

"你是谁？"我对着她低声说道，"你从哪儿来？"

"过去我们也经常问你这个问题，"爸爸在我身边说道，"你是谁？来自哪儿？为什么选中我们做你的父母？"

"所以我们都喜欢弃儿。"

"是啊，"妈妈说道，"就像在大大的宇宙中，一个小小的被丢弃的灵魂。"

她笑了起来，然后轻叹……

"就好像上天特意为之，"妈妈继续说道，"就像这都是注定的。"

第二部分

妈妈开始不停地为我拍照片，她总是用镜头贴近我的皮肤"一探究竟"。她喜欢拍那些晒伤发红的皮肤以及结痂后的伤口留下的疤，她拍我皮肤细微的毛孔、疤痕、伤口和擦伤。她总是把照片放大直到它们看起来像一幅画，一幅奇怪的风景画。她喜欢拍我的胳膊肘、膝盖，和结痂处，使我看起来就像是来自外太空的巨型不明物种。她喜欢拍头发、鼻孔、耳垂，或者关节处的一个截面，然后把它们放大到四英尺那么宽。

有一天，我跟马克斯躺在花园里玩。妈妈从房间里走出来，看到我们。

她又用手指比画着把我们"框"起来，然后说我们这样在一起的画面看起来很和谐很美好，而且妈妈对马克斯说她很想为他拍照。

"不了，谢谢您，"他立马拒绝道，"很抱歉，林奇夫人。"

我跟他说没事儿的，被拍照这事儿就像玩一样，没什么奇怪的和别扭的。或许他的皮肤拍成的照片会被放在纽卡斯尔的某家画廊里，接受众人的赞美。但是他依然摇头表示拒绝。

妈妈笑了笑，回屋了。

"这明明就很奇怪，"马克斯说道，"把自己'剥开'让别人去拍些看起来根本不像自己的照片。"

"这不奇怪啊，"我反驳道。

"**就是奇怪啊**。"他坚持说道。

"那你觉得**我**很奇怪吗？"我反问他。

他耸耸肩。

"关键是这么做到底有什么意义呢？"他继续不解地说道。

"这个我不知道。可能它只是为了向我们展示：如果离得足够近，我们会发现自己确实蛮奇怪的。"

"我不奇怪。"他说道。

说完我们互相对视了一眼，然后各自看向别处。

"对你来说很容易，"他继续说，"你可以做任何你想做的事情。无论如何，你一直都是帕特里克·林奇的儿子。"

"任何人都可以做自己想做的事情。"

"不，你这么想就太蠢了，我们这些人就不能随心所欲。"

我用手指理了理乱蓬蓬的头发，然后揭掉胳膊上的一个结痂，还未痊愈的伤口重新鲜血直流。接着我用手指甲蘸着血写了个大大的"**愚蠢**"在我的胸口。马克斯看着这一切，无奈地摇了摇头。

"有时候，"他说道，"我真觉得你应该停止**做**那些愚蠢至极的事情了。"

我对他的话报之一笑。

"这都是你爸爸跟你讲的，是吧？"我说道，"我打赌他肯定会说：'看看林奇家的臭小子，他现在完全就是个疯子。'"

马克斯没有否认我的话，他站起身来，径直朝自己家走去。

我也进屋了，进厨房找吃的时候，胸口依然写着大大的"愚蠢"两个字的涂鸦。爸爸手里拿着一杯咖啡,正在很专注出神地望着窗外的田野。

因为太过专注,我进来的时候他吓了一大跳。

"胚胎印记!"爸爸突然意味深长地说道。

"什么?"我不解地问道。

"有一种东西叫做'胚胎印记',你可以在很多鸟类的身上发现这种功能习性,但是寒鸦在这方面是最为突出的。你在它成功孵化之前,还是一只'蛋'的时候就守在它身边,然后你按照正确的方法使其成功孵化成一只寒鸦,而且你是这只幼鸟孵化之后见到的第一个生物。你陪伴着它,第一次给它喂食,它也很信任地依附于你,然后它爱上了你,把你当成自己的爸爸、妈妈。它认为自己是属于你的,会追随着你去往任何地方。"

爸爸讲着激动得瞳孔都放大了。

"所以呢?"我急着听爸爸接下来的论述。

"所以你没发现吗?或许指引着你们找到艾莉森的这只寒鸦就是有胚胎印记的。或许它只是在追随某个人,而不是在故意指引着你们。"

"某个人?你是指戴着红帽子的徒步旅行者吗?"

"是的。或许就是那个戴着红帽子的徒步旅行者才是真正指引你们找到弃婴的人。"

我听到此处已经惊得目瞪口呆,眼睛死死地盯着爸爸。那眼神仿佛是在问:难道会是真的?

"是的!"他回应道,"肯定是的!或许这个徒步者就是宝宝的妈妈，你不是也说过那人可能是女的吗？她不想亲自引领你找到那个弃婴，所以她让她的寒鸦代为指引，等你们找到弃婴之后，她就迅速离开了。"

难道会是真的？

"那么她现在会在哪儿呢？"我好奇地问道。

"不知道。"

"她的父亲会是谁呢？"

"谁知道啊。或许是某个诺森伯兰郡的农民之类的人吧。"

之后爸爸陷入了片刻的沉思，然后看着我。

"你那是怎么了？"爸爸突然问道。

他指着我胸口，我低头看了看自己那两个大大的用血写成的"愚蠢"。

"这是用血写的。"我说道。

"你的血？"

"是的。"

"很多书中都写到了'胚胎印记'这件事，利亚姆，"爸爸接着说道，"在过去，很多旧社会的人都会专门养育自己的寒鸦。"

我回想着当初穿过村子的那一路。我看到了寒鸦，看到了那个戴着红帽子的徒步者。难道爸爸说的都是真的？

"这些看起来就像某种魔法，但却是实实在在的自然现象。就像我们现在对艾莉森做的事情一样，我们养育她，照看她，之后她会表现得好像我们是她的父母一样，我们自己也会表现得就是她的父母，但我们不是。"

爸爸不做声了，再次凝神思考起来，好像他要努力把所有的事情都理清头绪。

"所以你现在在写这个故事吗？"我问道。

他大笑起来，然后撇嘴表示否认。

"或许以后会写吧，"他说道，"你知道我没法儿将身处其中的事件写成书中的故事。"

说完爸爸用力伸了个懒腰。

"胚胎印记！"他说道，"很明显就是这个。那个戴着红帽子的女人就是艾莉森的妈妈，她的爸爸就是一个愚蠢的老农民。"他说完轻笑道："多棒的故事啊！"

就在这时候，妈妈进来了，怀里抱着艾莉森。

爸爸靠上前去，睁大眼睛看着宝宝，然后俯下身去凑近宝宝的脸颊。

"你好啊，小可爱，"他用甜甜的声音说道，"我是你爸爸，你是我的孩子。"

之后他亲吻了艾莉森，就离开了。

"是的！"爸爸一边上楼一边说道，"我已经找到答案了！"

"什么答案？"妈妈诧异地问我。

我也摇头表示疑惑。

然后妈妈指了指我的胸部的那两个字。

"看起来很有趣，那是什么？"

"血！"我很干脆地回答。

然后妈妈火速取来了自己的相机。

二

妈妈把那些奇怪的照片都裱起来拿到她的画廊里去了，受到了大家的一致好评，人们都很喜欢，他们说这些摄影作品都太美了。然后这些图片都被挂起来待售。我们也去看了，这种感觉很奇怪，看着自己身体的某个部分被展示在大庭广众之下。妈妈只是很简单地用"图片1、图片2……"之类的名字来简单命名，这些图片看起来根本不像是人类的身体。其中很多幅都已经被售出了。不久之后，这些图片就会被挂在陌生人的房间里，这种感觉对我来讲，很诡异，难以名状，我自己也无法形容，总之就是感觉很别扭。

妈妈拍的照片越来越多。她也开始拍艾莉森洁白无瑕的皮肤。她经常推着婴儿车带艾莉森外出，她们会沿着村庄里的小道或者田野一路走着。妈妈在这个过程中会拍摄很多照片：裂开的树皮、龟裂的大地、涓涓流淌的小溪，草地和蘑菇，被挂在篱笆墙上一字排开的鼹鼠尸体，一对儿被电线勒死的喜鹊，喉咙都已经被扯出的兔子，三只被钉在橡树上、尸体已经被风干的蟾蜍。这些都成为妈妈镜头下的素材。她会拍摄有生命的、死去的或者从来没有活过的一切事物。她用相机拍下大量的诺森伯兰郡的天然景观：岩画所展示的那奇怪的曲线图案，罗马墙，用于军事防御用的农舍、城堡、皮

塔 ① 和瞭望塔等等古代残酷的战争中遗留下来的建筑。曾经在弗洛登战役和天堂战役中横尸遍野的杀戮战场，如今已经一片祥和：青青草地在微风中轻轻摇曳，游客们惬意地散步，庄稼在美好地生长，羊群悠闲地吃着草儿。只是漂亮又邪恶的喷气飞机又一溜烟地从她头顶飞过，破坏了她的照片。

我们一直在新闻上关注伊拉克的战事，格雷格·阿姆斯特朗至今仍然下落不明。我们看到在刚刚被轰炸过的集贸市场里，已经被炸得满目疮痍的公交车上，不断地有尸体被抬出。哭喊得已经声嘶力竭的父母把他们遇害的孩子举起来放进毯子或者篮子里，男男女女都艰难地爬行在鲜血浸染的碎石路上，寻找他们的爱人和亲人。爸爸终于爆发了，他冲着电视大吼着，把这些军队赶出去！布莱尔！布什！自杀式炸弹！恐怖分子！说完很有挫败感地对着空气全力一击。他们都是野蛮人！他们都一样的血腥，暴力！

妈妈看着这一切，默默地哭了。她说是的，他们都一样残忍、血腥。所有这些受害者都是平民，都是像我们一样的老百姓。妈妈说这些事情一直在到处发生。在边界战争时期和羊群袭击中，这些就发生过。在漫步者和观光车一直悠然闲逛的荒野中、田野上、城堡中，这血淋淋的一幕都曾上演过。这里是充满了屠杀和死亡的恐怖地方，而且如果周围的环境一旦具备某种条件，如果我们对我们中的有些野蛮人放松了警惕，这一切会再次上演，他们都是在等待机会。

---

① 皮塔（peel tower）：位于英格兰和苏格兰之间的用于军事防御的建筑或者中世纪城堡，多建于中世纪的英格兰和苏格兰边界。

"所以我们必须守住自己内心深处仁爱的一面，"妈妈说道，"我们必须帮助自己内心的天使打败恶魔。"

说完这些，妈妈把宝宝抱得更紧了，继续说道，每个人不管他长大以后变成什么样的人或者想努力成为什么样的人，他身体内在的本质都是个孩子。人类的身体都是柔软的、美丽的、脆弱的。他们很容易受到威胁，很容易受到攻击，然后接来下就会造成伤痛，血流不止，甚至被扒皮削骨。到最后，我们只剩下一副躯壳，被啃噬精光。妈妈抱紧了我和宝宝，保护自己已经变得越来越难，也更加重要了。之后，妈妈抱着宝宝，领着我出去了，我们来到了田野里，来到乡间的小道上。树儿都在闻风起舞，鸟儿都飞走了，白昼变得越来越短，黑夜临近。妈妈说，不管乡下看起来多么安静祥和，与世隔绝，多么像世外桃源，即便是它最细小的一隅，也是能反映出当今世界的风云变幻。在我们的一生中，充满了美好的、诡异的和可怕的一切，直到我们最终死亡，这些生命的悸动都不曾停止。她一次又一次地去鲁克礼堂，拍它破损的残垣断壁，满地铺着的碎石。之后我们发现这个"礼堂"上现在赫然贴着一张纸，上面标题为**"被遗弃的孩子"**，标题下面就是艾莉森的照片，以及她被发现时的一些具体细节。最下面还有联系方式，任何人找到有关这孩子亲生父母的下落，都可以拨打如下的电话号码。妈妈翻开这些石头，希望能找到一些线索，但总是徒劳无功。之后她木木地站在那里，就像空气中弥漫着有关这个神秘事件的一些答案一样。艾莉森坐在童车里，看着飞来飞去的小鸟，嘴里"咿咿呀呀"地咕哝着，时不时地发出开心的笑声。

三

妈妈有天突然说我们应该让艾莉森接受基督教洗礼。

"你在开玩笑吗？"爸爸表示不解地问道。

这时外面已经天黑了，宝宝也在楼上熟睡了。爸爸还在笔记本上潦草地写着故事的梗概。

"这真是太荒谬了，"他继续说道，"你还记得自己上一次踏进教堂是什么时候吗？"

"在你父亲的葬礼上，但是那件事跟这又有什么关系呢？"

爸爸"啪"一声把他的笔记本合上了。

"你知道基督教洗礼仪式的真正意义吗？它是指像艾莉森这样的小孩子原本带着罪孽和邪恶降临到这个世上，人们希望帮助他们清除他们灵魂深处的罪恶，所以才会为他们举行洗礼仪式。所以现在你告诉我：你认为艾莉森是带着罪孽和邪恶来到这个世上的吗？"

妈妈耸了耸肩，并没有回应，继续小口抿着红酒。爸爸继续说：

"而且，一旦接受了洗礼，就意味着她要将毕生都贡献给上帝。你这样一个从来没有任何信仰，不会信奉任何一个神灵的人，竟然会让一个无辜的小孩子去毕生奉献给一个不存在实体的幻影。而且如果我没有搞错的话，我记得我们并没有让**他**接受洗礼，对不对？"

这个时候，爸爸边说边指了指我。

"所以，利亚姆，**你**感觉自己邪恶吗？"他问我道，"你是否有那种自己体内的罪孽无法清除的感觉？"

我哈哈大笑起来。

"我感觉自己就像一个完美的小天使，爸爸。"

"噢，是吗？"他俏皮地反问道。

"你说的我都明白，"妈妈开始回应我们了，"但是洗礼这件事情也意味着为她来到这个世界举行一个仪式，对她来到这个美丽新世界表示欢迎。"

"我们都很明白，"爸爸说道，"她有可能已经接受过洗礼了。她也或许是名佛教徒，或许是名穆斯林，或者是名基督复临论者，或者是其他一些诡异的有着繁文缛节教义的社会教派。"

妈妈继续默不作声地小口抿着她的红酒。

"她怎么可能受过什么教派的洗礼？"妈妈说道，"她只是一个小女孩，我认为我们应该举行一个仪式，对她说'欢迎来到这个世界'。"

爸爸听完以后，一边摇头一边叹气，然后径直朝楼上走去。

"你看到他的屁股现在变得有多大了吗？"妈妈望着爸爸的背影对我说道。

完了，妈妈嘻嘻笑起来。

"这是作家的宿命，谁让他几乎几周还不挪动一下身子呢。所以你对接受洗礼这件事儿怎么看？"

我耸耸肩。

"我对这件事不是很在意。"我说道。

"明天我会去拜访一下郊区牧师，然后再看看情况。你知道他的名字吗？"

"完全不知道啊。"

然后妈妈凝视着我，说道：

"如果你愿意的话，我们可以让你们两个人同时接受洗礼的。"

"谢谢，不用啦。我还是与恶魔共存吧。"

四

　　洗礼仪式在圣米迦勒-众天使教堂举行。这个小教堂坐落在村子上方山脊上的一小块田野上。那是一个周日的下午。放眼望去，数英里之内，诺森伯兰郡所有的牧场草地、空旷的荒野以及向北延伸的部分，都尽收眼底。几家农舍，零星散落着的村庄——奇尔顿、华克、贝灵顿、奥特伯恩。还有一些城堡——海顿、斯温伯恩、西蒙霍普，它们都错落有致地"隐身"分散在山谷以及矮树林中。鲁克礼堂的废墟以及其他十几个遗迹废墟也都渐渐塌陷剥落，与大地融为一体。荒野上大片的沼泽一直在向北方延伸，黑色凸起的切维厄特丘陵一直也在向遥远的北方伸展，直到视觉的极限，直到苏格兰的领土。一些羊懒洋洋地躺在一些无名墓地的旁边假寐。国防公路上的摩托车在疾驰。一辆货车咣当咣当地驶来，沿着泰恩河的方向疾驰而去。低空飞行的喷气飞机不停地在天空中一次次地飞过。

　　乔·泰南跟着独立电视台的摄制组再次来到了我们这里，村子里的人和纽卡斯尔的朋友也都聚集在此，马克斯和他的一大家子人都到齐了，史考特校长也带着他的社工学生都来了，阿特金斯警官和鲍尔警官也在场，只是这次他们都没有穿防弹背心。多琳和她的医疗队也在。大家都说，这样的场合他们怎么能不来呢？他们必须在场啊。菲利普和菲洛米娜也来了，克里斯特尔和奥利弗也都跟着来了。他们这些人都围绕着今天的主题——降临到我们身边的艾莉森——不停地说笑着，低声谈论着。大家都不停地靠近艾莉森，逗她，跟她玩。然后他们彼此之间也会亲吻着寒暄，低声交谈，脸上堆满笑容。

克里斯特尔的头发用发蜡涂抹定型成发卷，绿色的眼睛在她涂过厚厚粉底的脸上忽闪忽闪着，充满灵性，她耳朵上穿着安全别针，脖子上戴着的彩色橡胶圈也随着身体的浮动而不停地摆动着。

"我就知道我们会再见面，"她开口说道，"都是因为那个婴儿，她是我们之间的连接。所有这些都是冥冥之中的安排，你相信命运吗？"

"我不知道，这个不好说。"

"有时候事情都是注定要发生的。你注定会找到这个弃婴，这个孩子也必然会指引着你找到我跟奥利弗。接下来要发生的事情也是命中注定的。"

接着她哈哈大笑起来。

"也或许所有发生的这些都是荒谬的存在，没有任何意义。他们之所以会发生仅仅是发生了而已。我能给你写信吗？"

"给我写信？"

"只是电子邮件，保持联络而已。"

说完她就在一张卡片上草草地写下了自己的电子邮件地址，然后把它递给我。

"我们都是一家人，"当社会活动开始的时候，郊区牧师说道，"因为这个可怜的被遗弃的孩子，我们大家聚在了一起。然而，她同时也像其他的小孩一样，只是一个孩子。她只是像我们一样的普通人。"然后他害羞地瞥了爸爸一眼。继续说道："请允许我引用一段威廉·布雷克的诗。"话音刚落，只听爸爸呻吟了一声。紧接着郊区牧师朗诵道：

> 我一头跳进这危险的世界，
>
> 赤身裸体，无依无靠，
>
> 就像云中的恶魔大呼大叫。

然后他停顿了一下。

"这难道不是写给我们在座的所有人的吗？"他继续说道，"我们都跳进了这个危险的世界。我们都是流浪儿和弃婴。我们都需要爱。爱、家庭和对上帝虔诚的信任。"

爸爸继续小声咕哝些什么。牧师降低了自己的声调。

"我可以？"他低声说道，"让这个婴儿归入耶稣的怀抱吗？"

"拜托了，请不要啊。"爸爸喘息着声音说道。

牧师已经打开了受洗仪式所要用到的书。

"恐怕你现在阻止已经晚了，"他说道，"但是我还在徘徊。现在，让我们欢迎这个可爱的孩子来到我们的世界。"

我们把艾莉森抱到了洗礼盆的旁边。牧师开始往她的头上浇水，他帮助艾莉森驱走了所有的魔鬼。妈妈的朋友，苏，是她的教母。爸爸的图书版权代理人，尼克·斯通，是她的教父。我们都承诺要去保护她，全心全意地抚养她长大成人，帮助她抵挡所有的魔鬼以及所有的坏事。

之后，我们一起咏唱的赞美诗在教堂里回荡，也飘向外面的世界。

耶稣护佑我们，赐予我们阳光

在纯净透亮的光束中

就像一只小小的蜡烛

在深夜燃烧

在漆黑的夜里

我们必须发光

你在你的角落里

我在我的角落里

五

　　受洗仪式结束后，我们在自己的屋子和花园里开了一个大派对。爸爸跟他的图书版权经理人尼克·斯通坐在花园的长椅上喝着威士忌，我就站在旁边，有意无意地听着。爸爸告诉尼克关于胚胎印记的事儿，关于寒鸦的事儿。他说胚胎印记肯定也发生在人类的身上。人类来到这个世界上最初的几秒是很关键的。所以，离开养父母以后，他们会去哪儿？就算依然是个婴儿，对于养成胚胎印记而言，是不是已经太晚了？对于那些像奥利弗一样年纪大一点的来自利比里亚的小伙子来说，胚胎印记是什么样的状况？

　　"所以你准备写一本关于这个的书吗？"尼克问道。

　　"或许吧，"爸爸笑着回答道，"我正在写关于一个癫狂的农场主和他的乡下女佣，以及他们的私生子的事情。噢，对了，还有他们的寒鸦。"说着这些的时候，爸爸朝我使了个眼色："利亚姆明白，是不是？儿子。"

　　"我明白？"我诧异地问道。

　　"那么你现在写得怎么样了？"尼克问道。

　　"我马上就回去写。"爸爸赶忙回答道。

　　"你现在有个大概的出书时间表吗？"

　　爸爸耸了耸肩，说道：

　　"我待会儿马上就回去写啦。"

尼克叹了一口气。

"还有另外一件事情,"爸爸说道,"如果你的亲生父母被强行带走,而怪兽成为了你的父母,会发生什么呢?你会像爱亲生父母一样去爱这个怪兽并且追随它吗?你能在怪兽身上找回最初的胚胎印记吗?"爸爸说着陷入了沉思,之后继续说道:"估计那就是另一个完全不同的故事了。"

"所以你在写两本书?"

"或许是三本吧。"

"想好书名了吗?"尼克问道。

"还没。"

尼克又是一声叹息,朝我笑了笑,然后喝了一大口威士忌。我离开了他们,去往别处。

艾莉森被客人从妈妈怀里抱走了,从一个客人到另一个客人。他们都亲吻着艾莉森的脸颊,并低语称赞道她是一个多么漂亮的小宝贝,简直是一笔财富。妈妈带一些客人去看她的画作和摄影作品。我看到她正在走廊上跟史考特校长低语着什么。史考特校长穿着牛仔裤,红色衬衫,梳着干净利落的短发。妈妈在跟他的交谈中时不时地笑出声来,笑声低浅又温柔。之后,正当他们马上将要接吻的时候,我赶快转身离开了。

菲利普和菲洛米娜都减肥初见成效。菲利普一边喝着白酒,一边啃着萝卜和芹菜茎。

"我现在已经脱胎换骨了,"他突然向大家宣布道,"我刚刚做过那个叫什么来着的检查,我现在瘦得就像一根柳枝似的。"

"心电图。"菲洛米娜为他补充道。

"再过不久，我们就要去加利福尼亚了。"菲利普说道。

"加利福尼亚？"妈妈惊讶地问道。

"是的。那里是我们一直想去的地方：旧金山、圣地亚哥，还有叫萨克拉什么的地方来着？"

"萨克拉门托。"菲洛米娜又一次补充道。

"是的，我们要出发了。大家说让我们再准备准备，但是我们还是决定不久后就出发。开着我们的雪韦车，沿着一号公路，一路开向旧金山。"

临近黄昏的时候，我跟马克斯、奥利弗和克里斯特尔一起来到了花园里。帐篷依然支在那儿，旁边是一个火盆。

"我们有时候会睡在帐篷里。"

克里斯特尔用手指划过帐篷的帆布，她说这很美并大笑起来。

"你是个梦想家，不是吗？"克里斯特尔说道，"你是一个未被驯化的，有着原始野性的人，利亚姆。"

之后我们在火盆中燃起了火，坐在旁边的木头和石头上。很快，屋里的派对就被我们抛之脑后，我们开始了自己的"娱乐项目"。

奥利弗现在被一个新的家庭收养了，克里斯特尔也是。他们会在周末的时候碰面。这会儿，他们坐在一起，紧挨着彼此，依偎在一起。奥利弗用胳臂环绕着克里斯特尔。

"这是一片神奇的土地，"奥利弗说道，"以前当我想起英格兰的时候，我脑海中的画面都是塔桥，白金汉宫，巴斯，肯特郡。而不是这些东西，这些没有意义的东西。"

"一只猫头鹰不知在何处鸣叫着朝我们靠近。几只蝙蝠也纷纷出现了，拍打着翅膀扑向我们身边的火堆，照常进行它们冬眠之前的晚班飞行。克里斯特尔依然轻轻倚在奥利弗的身上，嘴里哼着小调。然后，只见她身子向前倾了倾，用一根木棍拨动着火苗。"

"大人们都说，奥利弗待在家乡也会安全的。"她一边拨弄着火苗，一边说道。

"在利比里亚？"我问道。

"是的，在利比里亚。"

"我会死的，"奥利弗回应道，"我会被残忍地屠杀的。"

"**屠杀**？"马克斯睁大眼睛，一脸惊恐地问道。

"是的，就像一个怪兽一样被残杀，就像我的爸爸妈妈，弟弟妹妹。"

克里斯特尔继续用木棍拨动着火盆，只见里面的火苗伴随着木柴燃烧的爆裂声和咯吱声，舞动着，升腾起来。

"有些故事是超出我们的信念的，"她说道，"但它们确实是最真实也是最古老的故事。给他们讲讲吧，奥利弗。"

只见奥利弗陷入沉默，整理着自己的思绪。

"他们是一天早上来我家的，"奥利弗语气平和地说道，"他们整队人都全副武装，手里拿着手枪、棍棒和斧头等不同的武器。"他一边说着，一边小心地煽了煽越来越旺的火苗："他们中有些是跟我们差不多大的孩子——拳头攥着武器、眼里写满了杀戮的孩子。你们能相信吗？"

他再次停下来，好像在等待着我们的回答。

"**你能吗?**"克里斯特尔说道。

她的眼睛在火光的映射下更加闪闪发光，头发和脸庞也被篝火照得熠熠生辉。

"你必须要相信这件事，"她继续说道，"如果这些人靠我们足够近的话，我们都会变成刽子手的。在肉体皮下，我们都是一个杀人犯。"

马克斯轻轻笑出声来。

"**这些人**是指谁?"他问道。

"**这些人，**"克里斯特尔说道，"是这个世界上的怪兽。他们是被另一群曾经也是良人的怪兽而转变成怪兽的。"

马克斯耸了耸肩，表示无所谓。可能他根本不想知道，也可能他根本不打算去想这些事情。

"你，"克里斯特尔继续说道，"想象着自己是一位天使，但其实你并不是。你拥有食物、钱财，有安全感，有爱你的父母。但是如果这些**都失去**了，你会怎么样?如果连你的父母都……"

还没等她说完，奥利弗立马"嘘"了一声，并用手指堵住了她的嘴巴。

"继续说啊，奥利弗，告诉他们更多关于你的故事。"克里斯特尔继续说道。

"想象一下，"他继续对我们讲述起来，"想象一下你就在利比里亚。想象一下我，不是现在的我，而是当下还只是个小男孩的我。确实，那时候我有饭吃，有爱我的父母，我很开心，直到那一天来到。我还记得当时我就趴在我家屋子旁边的长草草丛里，地面很温暖，太阳炙烤着我。我趴在那里隐蔽起来，因为士兵们已经来到了村里。很久以来，我们都很恐惧他们会来到我们村，但这一刻还是发生了。我们很确信他们会来，我们已经听到了很多有关他们进村之后的所作所为的传说。我跟一些小伙伴曾经还做了关于此类的游戏，我们都匍匐在长草草丛中，各自拿着木棍当枪使。我们想象着自己在为保卫自己的村庄而奋斗，我们想象着用自己的英勇无畏保卫家园，赶走那些士兵。但是当这些士兵真的来到我们村子，我除了害怕根本没有任何对抗他们的办法。那些士兵们纷纷把我的家人，我的邻居们赶出了屋子，让他们都聚集在屋子前面的草地上，我趴在草丛中颤抖着身子。他们给我的家人和邻居们草耙和铁锹，然后用枪指着他们，用命令的口气说道：'快点挖你们的坟墓。快点给你们自己挖坟墓。'然后就看到我的爸爸妈妈，哥哥姐姐都硬着头皮不停地铲着、挖着，那些士兵就站在他们的旁边，一边抽着烟，一边哈哈大笑着。之后，他们就举起枪，屠杀了我的家人。"

我们四个围着火堆，静静地待着，都不出声。屋里传来的声音在整个花园里回荡。

奥利弗一边说着这些，一边环视着我们，想看看我们的反应。

"我没有证据去证明已经发生的事情，我也没办法证明我是谁。"说完这些，他指了指自己的脑袋和心脏的位置，继续说道："证据在这儿，这儿。在我正在创作的记录真实事件的作品中。他们说我不能住在这儿，对此我并不生气。因为你不能强迫每一个人都能接受你。"

之后，奥利弗凝视了火苗片刻，继续说道：

"我是奥利弗·帕克，十三岁，来自利比里亚。我的家人都被无情地杀害了。我幸存了下来。我不会去请求你相信我的话，我也无所谓谁信不信的。我知道真相，而且我会努力讲出这个真相，虽然接受真相会有些困难。"

"你会怎么做？"我好奇地问道。

只见他圆睁着的双眼，穿过火苗，异常光芒。

"我不会回去的。"

"我们会飞，"克里斯特尔说道，"我们会跑，我们会躲起来，他们不会找到我们的。"

屋里有人在弹奏着诺森伯兰郡黑管，轻柔的曲调从屋里流出，回响在花园里。就在这个时候，我在黑暗中看到一个人影，并有脚步声从草丛深处传来。是纳特拉斯，这个人影走近后，脸庞在火苗的映衬下，显露出来。

"哈，抓到你们啦。"他兴奋地说道。

说着他咯咯地笑着。我们四个惊讶地看着他，都没有出声。

"我只是出现一下，想为宝宝献上我的祝福。"他说道。

只见他的脸很尴尬地扭曲着，那表情既不是扮鬼脸，也不是在微笑。

"今天这个地方真是有太多生面孔了，"他继续说道，"你不准备给我们互相介绍一下吗？兄弟。"

我正要告诉他请他离开这儿，克里斯特尔突然站起来，跨过火苗，走向他，并抬起胳膊指着他问道：

"你是谁？你想干什么？"

"我是戈登·纳特拉斯，妹妹。"他回答道。

说着他伸出手想要示好，但是克里斯特尔没有回应他。

"我不是你妹妹。"她语气强硬地回答道。

"但是我们都是来自一个欢乐的大家庭啊，"纳特拉斯继续说道，并且向下看了看坐在火堆旁的奥利弗，"欢迎你们来到诺森伯兰郡，兄弟。"这一次他并没有想要握手示好。奥利弗点点头表示对他打声招呼，嘴里咕哝着一些含糊不清的问候的话语。

克里斯特尔看到这种情况，向奥利弗靠得更近些了。

"走开。"她向纳特拉斯说道。

这个时候，菲利普从屋子里向外喊道："克里斯特尔！奥利弗！我们要走喽。"

"克里斯特尔，"纳特拉斯嘻嘘道，"还有奥利弗，我知道你们的名字了。"

说完他朝克里斯特尔笑起来，眼睛里闪烁着光芒。

"我会记住你的。"他说道，"再见啦。"

说完他转身就再次消失在夜色中。

克里斯特尔站在火光能照得到的边缘处，看着他离去。

"你们的朋友？"克里斯特尔问道。

"我们都很讨厌他。"我说道。

"那就好！"

直到菲利普第二次喊他们的名字，我们都站起身来。

"如果有任何我可以做的事情……"我对奥利弗说道。

他的眼睛再次闪闪发光。

"我会把你当朋友的。还有你，马克斯。"

克里斯特尔走向我。

"你会帮助他的，"她对我耳语道，"我知道你会的。你是如此的善良和强壮，你一定会帮助他的。"

说完，她亲吻了我的脸颊，就跟在奥利弗后面回屋了。

当我们走进屋里，看到妈妈正在拿着相机迎接我们。

"只照一张，"她用激动又兴奋的口气说道，"现在你们看起来是如此奇怪和可爱，从夜色中走来，眼睛里闪烁着光芒，身后还有熊熊燃烧的火焰。"

我们都面对着她，愣愣地站在那里。我就站在克里斯特尔的旁边。

之后，马克斯用双臂拥了我片刻。

"你相信吗?"他说道。

"相信什么?"

"所有的事情，所有的屠杀。"

我听完他的话，身子猛然向后一退，怔怔地看着他。说道:

"我当然信了。"

然后我步履蹒跚地再次加入到派对之中。

"整个世界都是一个野蛮之地，你知道的。"我自言自语道。

"你是如此无辜。"我再次说道。

六

几天后，我在村子里闲逛的时候碰巧遇到了纳特拉斯。

"那个恐怖分子是谁？"他问道。

"那个什么？什么恐怖分子？"

"那个黑人小男孩。他叫什么名字来着？"

"奥利弗。"

说完我就继续向前走。

"对，就是他。他过去经历了什么？现在在我们这里要干什么？未来他有什么打算啊？"

"他来自利比里亚，正在寻找收容所或者收养家庭。"

"想来也是这样。"

"而且他并不住在这儿，他住在纽卡斯尔。"

"那里对他来说最好不过了，政府知道该怎么帮助他们。"

我没有接话，开始继续朝前走，但是突然掉头，讲道：

"你还是没明白，是不是？"

他轻轻笑了一下。

"我还没明白？兄弟。"

"是的，你就是没明白。你不明白在奥利弗身上发生了怎样恐怖的事情，那些事情都是你我无法想象的。"

"但是你相信他，不是吗？你当然相信他了。我们应该用和平、欢乐和爱去接纳他们，"纳特拉斯边说边大笑道，"你是一个太容易被说服的人。他们中差不多有一半人都是战争罪犯，他们来到这里逃避军事法庭的问责。他们是恐怖分子。"说着，他恶狠狠地握紧拳头，继续说道："应该把他们赶回他们自己的巢穴！应该用炸弹把他们炸回石器时代。"

说完他又是一阵轻笑，然后迅速假惺惺地说道：

"我在开玩笑啦，他是你的朋友，不是吗？"

"是的。"

"想来也是。那太好了。交友遍天下真是一件再好不过的事情。让世间充满爱和欢乐，还有什么比和平与相互之间的理解更重要的呢。"说完他笑起来，然后眯起眼睛问我道："只是还有一件事，利亚姆，我**能**想象，你知道吗？"

然后他直勾勾地盯着我，就像他激我去否认一样。

"我一直都记得你爸爸来到学校那天的情景，利亚姆，你还记得吗？那天他为我们读他自己的书，跟我们交流，并且让我们写一些感想。不是吗？"

那是几年前的事了，当时爸爸还很喜欢去学校。过去他说自己是去那里收集一些资料，希望从小朋友身上得到一些启发。激发新生代读者或者作家的灵感，是他作为一名作家的部分社会责任。

"一直有件事在我脑海中萦绕，"纳特拉斯说道，"对我来讲真的很鼓舞人心。当时你爸爸说，我们所有人，**所有人**都有着最惊人的想象力。你还记得吗？利亚姆，他说我们每一个人都如此。"

"这是我爸爸常说的话啊……"

　　"当然，这句话是完全正确的。对我来讲，我可以想象**任何事情**。我能想象得到这个世界上发生的最坏的事情。有时候我会惊讶于自己脑海中的想法。有时候，利亚姆，我甚至很害怕自己会变得僵直木讷，"说完他大笑起来，"比如，那个什么传说来着。那对我的想象力来说，真是小菜一碟。血腥的场面，横尸遍野的战场，野蛮的场面和杀戮的场景。我的天哪，这些只是想想都已经很恐怖了。看看你的周围，兄弟。"

　　说完我们继续大踏步走去。

七

我写信给克里斯特尔，但又不知道该说些什么。

很高兴能在艾莉森的受洗仪式上见到你。希望你一切都好！
祝好

利亚姆

她几乎是立马回复我的。

真的很高兴能够再次见到你。我们围着篝火聊天，在篝火的映照下，我们的眼睛熠熠生辉，皮肤也被照得光芒四射，说话的声音伴随着柴火燃烧时发出的劈啪声，这一切都是如此的美好。我们必须要想想奥利弗的事了，你已经准备好在他需要你的时候提供帮助了吗？此刻我就在自己的小房间里，屋顶上空的天空是橘红色的，就像燃烧着的火一样明亮。四周很安静，整个世界像沉睡了一般。我们都在等待着重大事情的发生，那将会是恐怖的事情还是奇迹呢？很抱歉，我肯定让你觉得很紧张，然而这就是今天晚上我的所思所想。
晚安

克里斯特尔

　　我想象着她待在那个城市的自己的小房间里，凝视着窗外的一片浓重的黑夜。我想象着她灰白的脸庞，绿色的眼睛。于是，在睡之前我又读了一遍她的信。

　　你上次来我家的时候，那感觉就像是我们一直在等待你的到来一样。就像我很早就认识你一样。这种感觉就像是一种命中注定，注定我们会相遇，注定我们会一起经历一些事情。你有这种感受吗？利亚姆。

克里斯特尔

　　我开始回忆起了那个寄养家庭，我想到他们看到我时的眼神。我想起奥利弗脸上的刀疤，想到紧挨着我站在桌子旁边的克里斯特尔。而且，我还想到了艾莉森，想到了我是如何发现她，她又是如何被送走，而我又是如何再次去探望她并且认识了她寄养家庭里的兄弟姐妹。这一切就像是艾莉森指引着，她指引着我找到这些新的朋友，就像当初寒鸦指引着我找到她一样。我想是的，这一切都是注定发生的。

　　我明白你的意思，我的感受跟你一样，但是我不明白为什么会这样。

利亚姆

　　不明白也没关系。

克里斯特尔

八

天气依然很热，但是白昼开始变短了。临近夜晚时，我们总是玩着更激烈的游戏。我们在空地上踢足球直到天色暗下来，直到我们再也看不到对方为止。之后，我们继续玩战争游戏，在夜幕下的阴暗处匍匐前进，带着野蛮的哭喊号叫埋伏对方，厮杀着。就这样我们相互搏斗着，大喊着，在聚光灯下，玩啊玩啊。

我们会玩"聚光灯"游戏，在田野中间一块空地上的老板栗树树桩旁。直到星星开始在诺森伯兰郡浩瀚皎洁的夜空中闪闪发光，游戏就开始了，你拿着火把站在空地上，然后闭上眼睛数数。这个时候，其他分散着的小伙伴纷纷寻找藏身处，他们跳进水沟、壕沟、树篱和小灌木丛等身边一切可以藏身的地方。数完规定的数字，你就可以睁开眼，调过头来，拿着火把开始寻找其他藏匿的小伙伴，利用火把的光亮探向黑暗的最远处。之后你看到了一个藏匿的身影。**我找到你了**！你大喊道。然后你就迅速转身逃跑，被发现的小伙伴就会紧追不舍，之后你重重地摔倒在空地上，然后失声痛哭，**你被聚光灯暴露在黑夜中**！你出局了。轮到你藏身的时候，你就会在硬硬的地上就像死一般地蜷缩着身子，或者费劲地把自己"缠在"山楂树上，或者在山毛榉树上艰难地保持着平衡，这个时候你会觉得自己已经离小伙伴们很远很远了，你只是在自己孤立的世界里。然后你听到从田野那边传来的像低吟一样的数数倒计时的声音，你还听到附近其他小伙伴的小声咕哝声以及努力抑制的笑声。之后，那边传来了大喊声：**倒计时结束，我要开始逮捕你们啦！**你一边心惊胆战地偷看着"战况"。你看到了火把颤颤巍巍的光束到处"扫射着"，寻找着，而且你听到他大喊着：**聚光灯要把你暴露在黑夜中了！你出局了！**之后你就能听到他们在疯狂地追逐，火把的光束也随着它主人的奔跑而毫无规则地律动着。你等待着，等待着最后这道光束向你走来，照到自己的身上，促使你迅速弹起，然后奔跑。于是，你的生命又鲜活起来。

有天晚上，在玩聚光灯游戏的时候，我就藏在最黑暗的坑沟里，纳特拉斯慢慢地朝我滑过来。

"是你啊，兄弟，"他低声说道，"介意我跟你一起分享这个坑沟吗？"

我努力着想要挪挪身子离他远一些，但是这个举动让我们更加近的挤在一起。

"我可以现在就解决了你，而且不会有任何人发现是谁干的。"他小声说道。

只见他举起一把匕首，刀片在黑暗中闪闪发光。

"我说的对吧？"他说道。

"是的。"我叹着气说道。

他笑起来，把刀的刀片举到我的喉咙处。我用力推开了他举着匕首的手，他再一次地把刀片举到我的喉咙处。

"来啊，"他说道，"反击我啊。"

"走开。"我厌恶地对他说道。

"对一个拿刀架在你脖子上的人说这种话是很危险的哦。"他继续挑衅似的说道。

我感觉到刀片在我皮肤上的凉凉的触感。我躺在那儿一动不动，紧张不已，死寂一般。

"动一下，你的小命就没了。"他继续在我耳边低语道。

但是说完这些，他就放下手，而且轻轻地大笑起来。

"只是跟你开个玩笑，兄弟，"他说，"你知道我在开玩笑，是吧？"

他继续笑着。

"我只是想要你时刻保持警觉而已。"

我没有理会他，目光越过他看到了正在四处寻觅的划过了黑暗的光束。

"今天我在网上看到了一个视频，"纳特拉斯继续小声说道，"一个男人被斩首的视频，这些视频真是在网上随便一搜就找到了。"

不远处，火把的光束在我们头顶窜来窜去，只是没有照进我们这个隐蔽的坑沟里。

"他们都说那个家伙是个魔鬼，"他继续说道，"他们说他是反对上帝的，行刑者说他们只是在履行上帝的旨意，然后他们拿着一把刀，很大的一把……"

"被砍头的男人是不是叫格雷格·阿姆斯特朗，是吗？"

"不是的，那人好像是叫法朗奇的一个德国人。所以可怜的老格雷格还是有一线生还的希望。"

"为什么告诉我这些？"我问道。

他再次轻柔地笑起来。

"不知道。或许我只是想用这个震慑你，利亚姆。也或许我只是想吓吓你，想让你想象一下这个世界上所发生的最糟糕的事情。"

"我不需要你告诉我那些。"我反驳他道。

他嘴巴里也不知道在咕哝些什么，紧接着轻轻笑起来。"他们就把他的头放在摄像机镜头的正中间。唉，就算是**我**也没办法看下去了。"

纳特拉斯的皮肤在星空下闪耀着光芒。

"你觉得我是个讨厌的家伙，"纳特拉斯说道，"我在你眼里是个怪人，你甚至会觉得我就是个魔鬼，是吧？"

我没有做任何回应，只是听着，然后等着光束照到我们。

"不是那样的，你知道吗？我不是那样的人，"他说道，"我只是我，像很多其他普通人一样的正常人。或许我有一点愚蠢，有一点野蛮。但仅此而已。"

"就这些？"

"是啊，就这些。很多人都像我一样。不然你以为为什么那些杀人者喜欢把他们杀人的视频放在网上？因为他们知道有成千上百万的人等着看这些。"

"也有成千上百万的人不想看到这些。"

"哈，想想你去看电影的时候，利亚姆。当你坐在黑暗中，面对着大银幕观赏一部电影，你看到那些暴力场面会有什么反应呢？那些特别血腥野蛮的场面，就像詹姆斯·邦德的电影，当邦德把一个坏人的头按在洗脸台上不停地击打的时候，我们仿佛能听到被打的那人骨头碎裂的声音，看到那人脑浆四溅的场面。但是邦德还是不会住手，他会一直猛击，直到洗脸台也一并被他击碎。你也听到了，不是吗？那么你有——难道你没听到吗？——听到电影院的那些人在哈哈大笑吗。那就是我喜欢看那种视频的原因。"

"但是那些场面没有任何意义，"我反驳道，"电影都是人为制作的，都是虚构的。但是你看的那些视频是……"

"真实的。对吗？但是你不相信他们，不是吗？这两者之间并没有什么不同。是，你跟很多人一起在大银幕前看电影。也确实，你是自己一个人看那些血腥的杀人视频。但是当你私底下看那些血腥的网络视频的时候，你要想到，还有数百万人也在世界的各个角落，跟你一起看着这个视频。"

说完，他又举起了他的匕首来回在手里把玩着。匕首在月光下闪闪发光。我想到了"死亡交易者"，它正安静地躺在我卧室的抽屉里。**我也能这么对你！**我心里暗暗地想到。脑海中浮现着纳特拉斯就像一个远古时代的斗士，四仰八叉地躺在冰冷的地上，"死亡交易者"就插在他的心脏上。我一边这么想着，一边忍不住笑出声来。

"这是一个邪恶的世界，利亚姆，而且你知道为什么吗？因为人们喜欢用这种方式去爱它，因为我们大多数人在内心深处都是一个恶魔。你的新伙伴，那个叫什么来着的小伙子，他肯定能明白我的话。你也是，利亚姆，其实你也明白的。"

说完，他用匕首的尖端轻轻触了触我的胸部。一次，两次。我感觉它几乎要刺穿我的衣服了。

"难道不是吗？"他说道，"就连你也是这么想的。是不是？你对这个变得越来越野蛮的世界十分了解。在我们玩蝰蛇的那天，这一切就很明了了，不是吗？"

他再次用匕首的尖端刺我。

"继续啊，"他挑衅道，"继续反驳我啊。继续啊，继续啊。"

我一拳打在他的脸上，对他咆哮着让他住口。他笑着然后再次用他的刀刺向我，我抓住了他的手腕，而且努力将他的手腕掰弯使匕首指向他自己。就这样，我们扭打做一团。匕首在月光下的反光正好投射到我的脸上。纳特拉斯虽然比我强壮，但是这次他没有拗得过我。虽然强装冷笑，但是随着匕首靠他越来越近，他终于败下阵来，跳出了深坑。

"哎呀！"刚跳出去，他就对我大笑着说道，"赶快跑啊，利亚姆。"

他话音刚落，火把的光束就射进了我的眼睛里。我一跃而起，以百米冲刺的速度追赶对方，只是没有在规定的时间内抓到。

聚光灯要把你暴露在夜色中了！你出局了！

九

那天晚上我梦到了纳特拉斯。我们在田野上打架，互相扭打在一起搏斗了很久很久。我以为这场战事永远不会结束，然而最后我把"死亡交易者"插进了他的心脏。我呆呆地站在他旁边，看到他血流不止，鲜血渗进了他身下的土里。第二天早上，我看到自己面颊上长长的深深的疤痕，目测应该有几英寸长。结痂的疤痕呈黑红色，我闭上眼睛，再次追忆着梦中将匕首插进他心脏时的情景。

第二天早上，妈妈看到以后，伸出手去触摸我的伤口。

"这伤口又是怎么了？"

我感受着那条深深的伤口。

"是山楂树。"我装作镇定地回答道。

"山楂树？"

"当时我们正在玩聚光灯游戏，我躲藏的时候爬上一棵山楂树，然后不小心被一个树枝上的荆棘划到了。"

妈妈听完没有起任何疑心，只是转身离开去取自己的摄像机。

十

克里斯特尔依旧不断地写信给我。

　　我不是一直跟菲利普和菲洛米娜在一起的，我偶尔还会去其他的家庭，其中皮尔森夫妇是最好的。他们有一座可爱的房子，里面有个漂亮的花园，养着金鱼的小池塘，一棵樱桃树和一只名叫山姆的狗。他们为我布置的卧室，床的上方有一个天蓝色的天篷遮盖，还挂着一个用来捉住噩梦的捕梦网。他们两位都是老师。他们一定会很爱我，会想办法让我开心。他们说他们一直想要一个像我这样的女儿，他们想收养我。

　　于是我找来一把小刀，在自己的肩膀和手臂处划了好几道口子。于是鲜血溅到了我的床单上，枕头上。当然没有很多，只是一些星星点点的血迹，但是已经足够吓住他们，让他们对我"敬而远之"。

　　我给你写信是因为我不认识其他像你一样的人，其他任何正常的人。而且我始终认为我、你，还有奥利弗，我们都是注定相遇的。

克里斯特尔

十一

　　这一天，在赫克瑟姆有一个为格雷格·阿姆斯特朗举行的请愿集会，它最初是由教堂外面的祈祷者发起的。我就站在马克斯和金姆的旁边，贝基·史密斯在他们的另一侧站着，我没有理睬她。请愿队伍由郊区牧师、神父、拉比和穆安津带领着，我没有加入其中。之后我们朝市场走去，那里有一个临时搭建的舞台。一些嬉皮士已经开始在唱《我们会最终胜利》。

　　"祈祷是不会带来任何伤害的，这个大家都知道。"在去市场舞台的路上，马克斯这么说道。

　　"但是祈祷也不会带来任何益处，"我接话道，"上帝能做点什么，让任何人获得自由吗？如果他能的话，为什么他还不开始做？"

　　"那也总比什么都不做的好。"马克斯说道，"就像跟着那些脸上沟壑纵横的老人一起唱歌一样，总会有好处的。"

　　"真的吗？"

　　我看到贝基正在努力听清我们的谈话，于是我提高了音量。

　　"或许这是上帝的问题，"我说道，"如果上帝真的**存在**，或许我们应该向他祈祷他现在能马上降临世间，而且好好解释一下发生的这一切。因为如果上帝**存在**的话，他就是最大的战争犯。"我看到贝基依然在很认真地听。"所以，无论怎么说，上帝都不存在，他死掉了，他走了。他离开了我们，只剩下我们自己了。"

到达目的地之后，只见格雷格的妻子站在舞台上，她对那些捕获她丈夫的人进行严厉地控诉。诗人紧接着上来，并开始朗诵自己的诗。

从学校来的小学生都纷纷拿着家里自制的小旗子。

放了格雷格

给和平一个机会

军队立刻离开这里

我们不停地鼓掌、踩脚，类似颂唱似的念着那些词。我在人群中，呼喊的声音比别人都大声。

爸爸也来了。他读了一页自己正在创作的内容，我跟妈妈相互注视着对方，听她引用自己的话。

"我们都有制造伤害的能力，"爸爸说道，"但是我们必须转化并超越战胜这种能力，我们必须帮助自己内心的天使战胜内心的恶魔，不然我们就完蛋了。"

我抱着艾莉森，她看着眼前的一切，欣喜若狂，不停地笑着，咿咿呀呀地说着什么。大家开始唱《随风飘荡》，她随着韵律在我的臂弯扭动着身子。

贝基越过金姆向我靠近，而我却转而想要离开。

"你在躲我？"她说道。

我脸上露出嘲笑的表情。

"我为什么要躲着你？"我说道。

她挠了挠小宝宝的下巴。

"噢，"她说，"你的好兄弟就是一个臭流氓，一个古怪的人。"

说完她就走开了。

纳特拉斯以及他的两个小伙伴埃迪和内德从我们身边经过，他们也是站在舞台前观望着，轻笑着。他们用手臂肩搭着肩，不停地扭动着，然后他们开始跳舞，在人群中不停地扭动着身子，变换着步伐，就好像这里正在举行谷仓舞一样。

同时，纳特拉斯嘴里还吟唱着：

"一二三，一二三，跟**恶魔**一起下地狱吧！一二三，一二三，跟**死亡**一起走开吧！"

十二

我收到一封匿名的电子邮件，本来打算直接放进垃圾箱的，但是看到上面赫然写着"弃儿——利亚姆·林奇 收"，我咽了一口唾沫，然后打开了它。信封里是一个附件，打开以后，是一段视频。

视频的画面很模糊。在一间很简陋的房间中央摆放着一把椅子，上面坐着一个人。他穿着牛仔裤和格子衬衫，而且整个头都被一个黑色头巾包着，脑袋前倾，就像在睡觉一样。这个时候音乐也响起：一段打击乐，一段很模糊的发出刮擦声和吱吱呀呀声响的管弦乐器弹奏的音乐。然后旁边是一段类似念咒一样的咏唱，只是一个字都听不清楚。之后，有三个人走进这个房间，他们看起来年纪都还小，都穿着夹克衫，整张脸都戴上了面具，只是露出了眼睛，嘴巴和鼻子的位置也各开了一条缝。他们站在这个坐着的男人周围——一个在他的正后面，一个在他的一侧——他们都正对着摄像机。他们把手搭在这个男人身上，好像是为了拘禁他一样。之后，站在后面的男人拿出来一张纸，摊开以后开始读起来，用一种从喉咙眼儿里发出的很诡异的声音念着，很难听得清楚他到底念的是什么：什么什么什么上帝什么什么什么安拉什么什么布莱尔什么什么布什。他就这样念了几分钟。坐在椅子上的男人还是一动不动。站在他侧面的男人注视着摄像头，身后的男人念完并合上那张纸，扔在了地上，但嘴巴里依然说着：什么什么死亡……我按了暂停键。

我没办法再继续看下去，远离电脑屏幕使劲向后靠在了椅背上，长舒一口气。我环视了一下自己的房间，把自己拉回现实的正常生活，我透过窗户望向空旷冰冷的诺森伯兰郡。稍事镇定之后，我做了次深呼吸再次打开了这个视频。只见画面上，一直站在后面的那个人手里握着一把大刀。我再次向后欠了欠身子，咬紧了牙齿，抬起头，一动不动地看着。这难道是真的吗？当然不会是真的。这是不可能的事情，不是吗？坐在椅子上的男人依然只是坐着，即便是身后的男人拿刀砍向他，他还是一动不动地坐着。手起刀落的那个瞬间的画面变得模糊，再次清晰起来之后，手持大刀的男人已经把那男人的脑袋拎在了手中，他取下尸首的头巾，是一颗猪头，死死地盯着屏幕。躺在地上的尸体只是一个稻草人。这些刽子手只是一些跟我年纪差不多大的青少年，然后他们离开了，画面变得一片空白。

我将身子向后倚在椅背上，然后开始咒骂起来。

"纳特拉斯。"

我不断地暂停又不断地播放这段视频，然后我慢速度播放，我贴近屏幕，希望看仔细，之后我看到了面具后面的男孩们，衣服下面的稻草人，头巾下面的猪头，在一片含混不清的话语里试图仔细辨认声音。

"纳特拉斯。"

十三

　　当我开心的时候我是真的开心，利亚姆。我简直不能想
象自己会更开心了。你能在感受到极致痛苦的时候，还能同
时感受简单纯粹又猛烈的幸福吗？如果你可以的话，那你想
过这是为什么吗？你曾经陷入过极致的痛苦吗？利亚姆。你
现在开心吗？你明白我这些话的意思吗？

　　　　　　　　　　　　　　　　　　　　克里斯特尔

　　"是的，我明白。"我看完邮件，对着电脑屏幕轻声说道。

　　但是我真的明白吗？我真的能像克里斯特尔一样有那么深的感
触，能有像她一样丰富幽深的内心世界以及深刻的领悟吗？而且我
想明白这些吗？

十四

　　我再次见到纳特拉斯的时候，他正要从村子里穿过，肩膀上扛着一个大锤子。起初他看见我并没有讲话，只是那么站着，歪着脑袋看着我，好像是期待我先说些什么。

　　"怎么样，想聊点什么吗？"最后他还是先出口问道。

　　我没有做任何回答。他开始一边笑一边吐了一口唾沫。

　　"不做任何评论，是吗？你已经看过那个视频了，不是吗？"

　　我耸了耸肩。

　　"你看过了，"他说道，"你还是没能克制住自己，不是吗？就像这个世界上的几百万人都会做的那样，你把视频从头到尾看了一遍，不是吗？"

　　他轻轻地得意地笑起来。

　　"这很可笑，不是吗？兄弟。"

　　"你指什么？"

　　"你看，即便是那些像你一样，声称自己不喜欢有关暴力的一切事物的人……"

　　"我怎么了？"

　　"你看了视频啊。你没有办法阻止自己，你……"

　　"这很蠢。"我回答说。

　　"很蠢？啊，好吧。那些就是人们常常谈论的现代艺术，不是吗？"

"艺术？"

"是啊，艺术。他们称为愚蠢、无意义的东西，但是绝对震撼，老兄！这些难道应该被禁止吗？"

说完，他把锤子从肩膀上轮下来，重重地砸在了人行道上。

"很多人都信以为真，你知道吗，"他继续说道，"因为很难讲清楚这两者之间的区别。他们认为这就是一些愚蠢的恐怖的事情，猪脑袋隐含了一些信息。我知道你不会被愚弄的，你以及你的背景都说明了这一点。我知道你明白什么是真的，什么是假的。那就是我要跟你谈的原因，利亚姆。而且，我还要跟你妈妈谈一下，真的。"

"我妈妈？"

"是的，我正在思考他们的画廊，那些把自己的作品放进画廊里的人。"

"他们怎么了？"

"你看，他们这些天就正在播放一些视频艺术，不是吗？"

说完，他又开始大笑起来。

"而且我还在想，或许我可以放一些自己的东西进画廊。你觉得怎么样？"

我鄙夷地看了他一眼，然后说道：

"是哦，或许你应该这么做，或许你是一位天赋异禀，才资卓越的艺术家也说不定呢。"

"我就是这么想的，兄弟。所以我觉得应该跟你妈妈谈一下啊，不是吗？你觉得她听到以后会是什么反应？"

"我觉得她应该会让你滚开，纳特拉斯。"

"滚开？她经常用那样的词吗？真的吗？那我真是惊到了。啊，好吧，或许我应该跟其他人谈谈，跟那天在小家伙受洗仪式上的那些附庸风雅的艺术爱好者们谈谈。他们看起来好像是明白这其中的奥妙的，如果他们真的看了我的作品。"

"是哦，"我继续嘲讽道，"那随便你吧，纳特拉斯。"

我继续头也不回地走了，听到身后纳特拉斯的笑声一直在我身后回荡。

"嗨，利亚姆！"他大声喊道，"你以后要加倍小心了哦。我们马上要开始做枪击、殴打、扔石子等很多事情了。你看到那个叫萨达姆什么的人被绞死的视频了吗？你看看这是多么简单的事情啊，兄弟！简直就是小菜一碟。那也是艺术的一种正常形式啊。"

一个星期以后，我又收到了另一段视频。一个男人正在缓步走上一个谷仓，他的头也是被头巾严严实实地包裹着，脖子上戴着套索，突然他脚下的地板门被打开，他被生生地吊死。

然后出现的白纸上有一段用血一般的墨水颜色手写的一段字：

是的，我可以想象任何事情。

任何事情

——纳特

然后妈妈的喊声从楼下传来。

"利亚姆！有你的电话。"

十五

电话那边传来一个女人急促的声音。

"是利亚姆吗？利亚姆·林奇？"

"是我。"

"你是克里斯特尔的朋友，对吗？"

"是的。"

"不好意思，打扰了。我是克里斯特尔的养母，我叫马乔里·斯通。我正在联络所有她可能会联系的人。"

我好像知道有什么不好的事情发生了，拿着电话，眼睛注视着艾莉森，她正坐在高高的婴儿椅上，面前放着一碗捣成糊状的混合蔬菜泥。

"她不见了，利亚姆，"斯通夫人继续说道，"前天晚上不见的，我们是昨天早上发现的。"

妈妈看着我，她的眼睛仿佛在问：谁打来的电话？发生什么事儿了？

"一起失踪的还有她的朋友，"斯通夫人继续说着，"奥利弗，那个利比里亚男孩，他也一起失踪了。"她的声音急促，听起来像是正在哭。"她才跟我们在一起没多久，经常发生这样的事儿，收养的孩子离开他们的收养家庭。但是她还太小，你知道……"

就在这个时候，我透过厨房的窗户，看到一辆警车正在朝我家的方向驶来，缓缓停在我家门口的大道上。

"你真的没有听到过他们的任何线索吗？"斯通夫人继续说着，"她很喜欢你，经常向我们谈起你。最近她真的没有跟你联系过吗？"

"没有，没有。"

门铃响了，妈妈向门口走去。之后我就看到了鲍尔警员和阿特金斯女警员，进到房间之后，他们故作庄重地紧了紧身上的防弹衣。

"但是如果你有了消息，会告诉我们的，是吗？"斯通夫人继续说着，"一旦她联系你，你要第一时间告诉我们。"

"是的，当然了。"

说完我放下了电话，两位警员也走进了厨房。

"你好啊，小伙子，"鲍尔警员边打招呼边向我眨了眨眼睛，"最近又发现什么弃婴了吗？"

我没有理会他的玩笑，而是转脸对妈妈说道：

"是克里斯特尔的养母，克里斯特尔离家出走了，跟奥利弗一起。"

"所以你了解什么情况吗？"鲍尔接着我的话问道。

"我？一无所知。"

"他几乎都不认识那两个离家出走的孩子。"妈妈急忙帮我解围说道。

"恐怕不是吧，看起来他们是认识利亚姆的，"鲍尔继续说道，"据说那两个孩子还很喜欢你儿子呢，所以我们才来你家了解情况啊。"说完他从上衣口袋里取出一个笔记本。"你认为他们有可能去哪儿?"

"不知道。"

他耸耸肩,表示质疑。

"一点线索都没有吗? 他们什么都没说? 什么都没跟你谈起过吗?"

"是的,什么都没有。"

"呵,好吧。值得尝试一下,不是吗?"

说着他俯下身来,蹲在艾莉森的旁边。艾莉森一边笑着,一边嗯嗯啊啊地咕哝着什么。看到鲍尔警员之后,她开始大笑着抓紧一把蔬菜泥。阿特金斯见状也大笑起来。

"你身边发生了多少有意思的事情啊,"她说,"发现一个弃婴,离家出走的孤儿,逃逸的避难者。接下来还会发生什么?"

"你就像有些人一样,"鲍尔继续说道,"他们总是会吸引很多人和事儿。而另一些人,他们的生活一片祥和,平淡无奇。"

这个时候妈妈递给他一杯茶。

"如果有什么关于那两位出走孩子的消息,你一定要告知警方。"

"他当然会了。"妈妈说道。

"那就好。"

之后他们就开始大口喝起茶来,我们听到了楼上爸爸的脚步声以及打印机的"嗒嗒"声。鲍尔警员对着楼上,抬了抬他的眉毛,然后对我说道:

"作家在工作，是吧？有一个著名的作家父亲，那感觉一定超级棒吧。"

说完，他开始提笔在笔记本上写起来，还抬眼望了望天空，仿佛自己现在灵感忽现，才思泉涌一般。

"嗯，我独自闲逛着就像一个……抱歉，"他合上自己的笔记本，停止了"创作"，"很不好意思地问一下，如果我开始考虑写一些发生在周遭的……"

"奇闻逸事。"阿特金斯说道。

"是哦，发生在普通的城市街道里的奇闻逸事，发生在平静的村庄里的奇闻逸事。所有这一切看起来都很平静，美好，直到……"说到这里，他停了下来，贴近我看了看，然后指着我的脸颊说："你出了什么事故吗？小伙子。"

这个时候我下意识地摸了摸脸上那道已经结痂的细长的伤疤。

"是被山楂树划伤的。"

"哈，娱乐游戏是吧？看起来你很享受这个夏天啊，看看你都晒得黑成什么样子了？都快成棕色的了。"

"就像一枚浆果一样，"阿特金斯补充道，"再看看他的头发，完全就是一个野孩子嘛。"

"这么做就对了，不是吗？你要在能够野的年纪尽情地放纵自己，因为不久你就有大把的时间去体验真实的成人世界了。"

说完他再次紧了紧自己的防弹背心，然后我们目送两位警员向门口走去。

之后，鲍尔还是转过身来看了我一眼，说道：

"你不会保密的是不是？如果你有任何关于那两位出走少年的消息，你一定会告诉我们的是不是？"

"他当然不会保密啦，"阿特金斯说道，"他是一个好公民，是不是？小伙子。"

"是的。"我回答道。

"他当然是好公民了，"鲍尔接过话来继续说道，"像他那样的小小年纪的好公民是不会惹任何麻烦的。"

说完他们就走出门，朝车子走去，朝着村子的方向开走了。那辆坐着两位穿着防弹衣的警察的警车在太阳的余晖中，开始变成小小的一团。

"你真的不知道关于那两位出走少年的消息？"妈妈再一次确认道。

"完全不知情。"我笃定地回答道。

妈妈没有再追问，只见她抓着艾莉森的手，摇来摇去逗她玩。

"再见，好警察先生。再见，好警察女士。"

十六

一切看起来都很稀松平常。小孩子经常离家出走，救济所寻求者也很快消失在大众的视野及记忆中。这个世界充满了各种关于幼童在这个巨大而又恐怖的世界里失踪的故事，这些也是我们经常哄艾莉森睡觉时讲的童话故事。

从前有个小女孩，她叫小红帽……

从前有个叫金凤花的漂亮小女孩，她正穿过一片树林……

一个叫汉赛的哥哥和他名叫格蕾泰尔的妹妹，他们跟着妈妈爸爸一起生活在一大片黑暗的恐怖森林边……

电视上的新闻报道了一段时间这个消息——一个名叫克里斯特尔的女孩跟一个名叫奥利弗的男孩，他们一起在一天晚上离家出走了——然而，这个新闻过几天就被遗忘了，就像很多其他的新闻一样，很快就消失在大众的生活中。

第三部分

我爬上了学校旁边空地上的一棵栗子树，爬得很高很高。在上面待了一个下午，眺望延伸至纽卡斯尔的乡村风光。我看到了一路向西延伸的国防公路和罗马墙，我看到了坐落在村庄上方山脊处的圣米迦勒-众天使教堂。我想象着克里斯特尔和奥利弗向我走来的画面，如果他们过来的话，他们也一定是从我能看得到的这一片景象中过来，我想象着他们穿过田野，来到人行道了，然后沿着高高的围墙向我走来。这个时候我一定会立马认出他们，那个白人女孩和那个黑人男孩。但是我什么都没看到。下午晚些时候，我从树上下来，回家去了。

妈妈正站在门后抽着烟，手里还拿着一杯红葡萄酒。

"你好啊，儿子。"妈妈向我打招呼道。但是我分明看到她神色阴郁，撅着嘴巴，眼睛里充满了愤恨。

"怎么了？"我问道。

"所有事都不顺！有关我的艺术作品的事儿。"

"艺术作品？"

爸爸这个时候正在她的身后，手里拿着一杯咖啡。

"你妈妈刚从画廊回来。"他向我解释道。

这个时候我看到，几幅妈妈以前裱了框的摄影作品，被倚靠在了厨房的墙上。

"我被'抛弃'了，"妈妈说道，"他们不再需要我的作品了。"

"不是的，亲爱的，他们还是需要你的作品的，"爸爸立马反驳道，"你不是还有四五幅作品在里面挂着吗？"

"我才不想它们被挂在那里呢！我不想要我们可爱的宝宝和可爱的儿子……"

"是皮肤，是我们可爱儿子的**皮肤**。"没等妈妈说完，爸爸就抢话道。

"随便啦。但是我不想让它们跟那些放在一起，那些……"

妈妈没有说下去，只是深深吸了一口烟，吞云吐雾起来。

"那些什么？"我好奇地问道。

"那些……污秽不堪！那些恶心的垃圾……呵呵！呵呵！呵呵！"

说完她喝了一大口杯子里的红酒，再次深深吸了一口手里的香烟之后，就把烟蒂扔掉了。

"他们现在挂在墙上的都是些最恶心人的东西……"

"它几乎都没有在主画廊里，"爸爸继续说道，"它们跟那些奇怪诡异东西一起被摆放在类似旧仓库似的地方。"

"绞刑！"妈妈平静地说道，"绞刑、斩首和石刑最后证明并不是真正的绞刑、斩首和石刑。刀子、鲜血和斧头到处都有。猪的头颅、野兽的心脏、折断的骨头和粉碎的骷髅……哈！哈！"

"所以这些是艺术吗？"爸爸追问道。

"这都是些污秽不堪的东西。你能从观赏中得到任何快感吗？它们能激发你的某些奇思妙想，并让你从中得到快乐吗？"

爸爸轻轻抿了一口咖啡。

"或许这无关快乐，"他说道，"或许他们只是想让人们去探寻现实和幻想、真理和谎言的本质。"

"也或许他们本身就很享受自己的这种粗俗卑鄙的品位。"

爸爸听完耸了耸肩。

"也或许，这些作品正在向人们展示：我们最终也就只是一副皮囊。"

妈妈听完瞪了爸爸一眼。说道：

"我不是皮囊！你也不是！利亚姆不是！艾莉森也不是！"

说完妈妈又瞪了一眼爸爸，而且点了另一支烟。之后当爸爸劝妈妈说她应该放下的时候，妈妈又瞪了爸爸一眼，还对着爸爸的胸口狠狠地戳了一下。

"不要再告诉我该怎么做，先生！"

爸爸没有再反驳，只是轻声叹息了下，低头看了看表，是该上楼去创作的时间了。

"那么这些作品都是谁的？"我问道。

"作品上面没署名，"妈妈说道，"但是被经过的其他路人署名为纳特。就是那个**纳特**！而且他们在画廊门上留下了纸条，上面是对作品内容进行的一番声明。"

"那个叫什么的名字来着——杰克·史考特——他对此有什么看法？"爸爸再次问道。

妈妈听完咽了口唾沫。

"杰克·普雷舍斯·史考特！他认为这些作品题材新颖，视角独特，他认为这些作品正当时，觉得就应该在当今的社会形势下，在这种风口浪尖上推出这些作品。"

"或许这是大部分人的想法。"爸爸回应道。

妈妈听完短促而尖利地大喊了一声，然后双手捂住自己的耳朵表示抗议。

"我不是那么认为的，我简直**不能**那么去想。"

"但是或许它必须那么被认为，或许那些正是那些谋杀和故意伤害的原因。因为我们热爱这样的行为，因为在内心深处我们都渴望这么做。"

"**我**的内心深处不是这样的！"妈妈立马反驳道，说完她再一次重重地戳了一下爸爸的胸腔，"**我**不是这么想的。"

二

我们全家都想去现在的画廊看看，就把艾莉森拜托给了沿街的博尔顿太太照料，然后就出发了。那间有着波纹状起伏不平的墙面和天花板的画廊，房间里面的灯挂得很低，墙上被投影仪投射出一个大大的荧幕在放着视频。就是我看到过的那些视频，或者是那些视频其中的一些片段。猪的脑袋，不停流淌的鲜血，不停地轮番播放。

其中一个视频播的是：在黑暗中不断移动着的火把，火把的光束时而升起，时而落下，时而走远，时而折返，就这样不停地重复着以上动作，像是在寻找什么东西，也像是在玩"聚光灯"游戏，直到它向摄像机冲过来，向观看它的观众不停地发出光亮。

抓到你了！ 一个我知道是谁的阴险的声音咆哮着喊道，然后飘远。紧接着就是一只手拿着一把匕首狠狠地朝观众刺来。

另一个视频播放的是执行死刑的射击队。从视频上很容易就能识别出，这些尸体都是用稻草填充的，那些用头巾蒙着的"人头"都是用猪头、羊头、足球或者是大头菜之类的东西伪装的。而且从视频中也能很容易地识别出，那些真正的实体被这些伪装的东西替换时，视频画面都被很粗糙地剪辑过。

"或许这就是重点的部分，"爸爸说道，"残忍的游戏。或许人类的身体本身就是用一些填充物伪装的，人类的头就是猪头。"

"我的不是！"妈妈立即反驳道。说着伸手抱住了我的头，并说道："你的不是。"同时用另一只手抚摸了爸爸的头，说道："你的也不是。"

此时屏幕上还是有一些背景音在用一些断断续续类似碎裂的声音说着，那些声音来自很久以前的一些战争时期的无线电报告。从那些声音里能艰难地能识别出是一些关于埋伏、拷问和绑架的内容，中间还伴随着一些枪击声、炸弹爆炸声和低空飞行的军用机嗡嗡声，以及人们的尖叫声、呐喊咆哮声、悲惨的求救声，同时还伴随着一些邪恶的狂笑以及嘲讽。

那感觉就像行走在噩梦里。

在墙上的视频里，被害者登上阶梯，被套上绳索，然后被人从高处推下，然后这名受害者就好像刚刚复活一样，再次登上阶梯，再次被从高处推下，这样一次又一次，循环往复。

"这些是想表达什么呢？"我们三个都目不转睛地观看着这些视频，妈妈突然问道。

"太可怕了，"爸爸说道，"但这都是具有催眠效用的，你必须在思想上对抗这一点。"

妈妈转身离开了。

"这些东西促使你开始思考。"

"思考什么？"妈妈说道。

"关于……西西弗斯，"爸爸回答说，"这些开始促使你思考被钉在十字架上的耶稣。"

"所以你欣赏得了这些墙上的东西？"

"不能，但是……"

"但是什么，没有任何但是。这些都是一些窥阴癖者们的垃圾，任何人都会制作这些东西！任何有一台摄像机、电脑和足够扭曲的大脑的人，都会做这个。"

受害者再次被从高处扔下来，但是他依然再一次地登上台阶高处。

一个来自墙上的声音不停地重复着，语调轻柔并带有说服性地说道："尽力展开你的想象。是的，我们可以任由思想驰骋……尽量去想象。是的，我们可以想象任何事情。"

妈妈大叫起来，再次用双手捂住自己的耳朵。紧接着就离开了。

尽力发挥想象。是的，我们可以想象任何事情……

爸爸大笑起来，摇着头。

"那就是我说的，不是吗？"他说道。

"而且你说的是对的。"我接话道。

受害者再次被从高处推下。

"告诉你其他我说的话，"爸爸说道，"如果你能想象自己做了任何事情，那么你肯定是可以的。"

我们转身离开了这个房间。

抓到你了！纳特拉斯恶狠狠地说。

我们再次回到外面城市里的街道。

"我感觉……被污染了。"妈妈说道。

这个时候爸爸紧紧握住了妈妈的手。

"我们一直在宣扬的爱呢？"妈妈说道，"一直在追求的美呢？那些能够触动我们心灵的东西呢？"

三

　　我的帐篷是蓝色帆布质地，就支在篝火旁边，我整夜整夜地睡在里面。我点燃火坑里的篝火，支起露营桌和露营折叠椅，点燃露营用的瓦斯灯，在灯下夜读。我一直把我的匕首——"死亡交易者"带在身边。晚上我仰视夜空，看着满天的星星，等待着克里斯特尔和奥利弗，我知道他们一定会来的，我已经做好了准备，随时迎接他们。

　　在我小时候，第一次开始在花园里露营时，妈妈问我道："你害怕吗？"

　　"怕什么？"我诧异地问道。

　　这个时候爸爸举起手，手指做成爪子状，并且不停地转动自己的眼珠子，朝我发出恐怖的嘶吼声。

　　"就是类似这种的怪兽什么的，小伙子！"他边说边又继续发出嘶嘶的怪腔，"类似林中小妖啊狼人啊，或者马桶妖怪，幽灵之类的什么东西！"

　　说完就模仿动画片里的怪兽咬下一个小孩的头，做了一个虚拟的动作。

　　我见此状，也学他，假装自己拧掉了自己的脖子，龇牙咧嘴露出满嘴"獠牙"。

　　"我当然不害怕啦。"我说道。

妈妈耸耸肩表示无奈，然后说道：

"我会为你留门的，以免你随时想进屋来睡。"

事实证明，我从来没有一次回屋睡过。当然，我还是害怕的。但害怕也是我在小花园露营乐趣的一部分啊。马克斯跟我经常会给对方讲一些关于游荡在诺森伯兰郡的魔王和幽灵的传说：白衣女鬼，长着犄角的恶魔，无头骑士，有着老人面容的孩子。我们编造出了"农夫弗林"——他整日游荡在乡村的花园里，手里拿着把短柄斧头，他专门搜罗小孩，尤其是那些父母准许其在外面露营的小孩。他穿过帐篷所在的门廊，从帐篷的防潮布下面慢慢伸出自己的手，然后用他像爪子一样的手指抓走那些熟睡中的小孩。他把这些孩子拖到自己的"屠宰场"，在那里，他一边哼着小曲一边对这些孩子的尸体又是砍又是锯，扒皮抽筋之后开始将这些肉剁碎，再把它们交给自己的妻子——胖贝蒂。这位妻子又将孩子们的肉拌上各种调味料和中草药，就开始各种炖啊煮啊。她烘烤这些肉，把它们做成馅饼和火腿，然后拿到县里的集市上、村里的集会上和乡村的商店里去卖。

"噢，他来了，"我们总是在凌晨三点钟左右，死寂一般沉静又伸手不见五指的深夜这样吓对方，"他已经向我们慢慢移动了，我都能听到他的呼吸声了。噢，不，他马上就要走到我们这里了。噢，不要啊，他已经走到门口了！不，我不想被变成香肠啊，农夫弗林！不！不！啊啊啊啊啊！"

我梦见了农夫弗林，梦见了克里斯特尔和奥利弗，梦见了纳特拉斯，梦见了那些挥舞着的短刀，梦见了我们正在玩"聚光灯"游戏，梦见了蛇。

有天晚上，妈妈就像往常一样，做了杯热巧克力下楼拿给我。

"这些天马克斯怎么没来跟你一起露营？"她问道。

"他已经长大了，不适合再住在外面了。"我回答说。"年纪又大又无聊。"

"也或者他现在转移了兴趣到其他方面去了，比如说开始喜欢女孩子啊之类的。"

妈妈笑着说，我耸了耸肩。

"也许吧。"我回答道。

我想起了贝基和金姆，想起了克里斯特尔，还有她那碧绿的眼睛，苍白的皮肤，以及她留在我脸颊上的吻。

"夏天就要过去了。"我伤感地说道。

"要是按照往年，到这个时候，夏天早都已经过去了。"

"但我还有很多事儿都没做。"

"还有很多事儿？"

"夏天结束之前，我想带上我的睡袋和一些食物，到真正的野外去露营，哪怕只是一两个晚上。"

妈妈听完，开始对我狂笑不止。

"多么不可思议的一个孩子啊！"她边笑边说道。

"对于做这件事而言，不存在哪个地方是更安全的，"我说道，"目前天气也还是很暖和的，而且……"

"那或许到明年的这个时候，你已经对这件事情没兴趣了呢，已经开始热衷做其他事情了。"

"是的。"

妈妈凝视着我，说道：

"我们不会允许你做那样的事情，不要再坚持了，好吗?"

"不会出什么事的，而且这次的经历将会沉淀成记忆，用我的余生去回味。"

我用热切的眼睛望着妈妈，仿佛在等待她肯定的回答。

"这是你们能为我做的最好的事情了，你也不想我的人生充满了枯燥，只剩下温驯，让我去完成它吧。"

"我会跟你爸爸慎重考虑一下这件事情的。"

我知道爸爸一定会说：

去历险吧，就像你生活在故事里一样!

四

那天晚上我尝试着清除脑海里有关克里斯特尔和奥利弗以外的任何东西，我尽力用思想的力量把他们从我的梦境中拉出来。我想象着他们的旅程，他们正在离开城市，行走在无垠的荒野。他们沿着乡村公路走，沿着布满沼泽的小道前行。在偌大的一望无际的诺森伯兰郡，他们就像移动着的两个点，如此渺小。我看到他们白天有时藏在农家的大棚内，有时又用壕沟作掩护。他们饿了就去偷农家花园里的水果，抓野兔，大口地喝着溪流里的冰水来解渴。梦境越来越真实，梦中一切的虚拟不断得到加强。我看到自己从帐篷的"地板上"坐起来，并且扭脸看到了正在躺着的自己，棕色的皮肤，长长的头发，紧闭的双眼。我再次起身，直到身体穿破了帐篷蓝色的帆布顶，呼吸到了外面的空气。这个时候我向下看，看到了自己的帐篷，看到了帐篷旁边正在跳跃着火花的篝火，看到了我家的房子。爸爸就坐在窗户后面，脸庞被他的电脑屏幕发出的光映得明亮。一轮巨大的银色的月亮从荒野上升起，然后整个乡村的原野都浸润在了银色的月光里。蝙蝠围绕在我的周围拍打着翅膀，还有很多猫头鹰在天空翱翔。我看到远处的天空下的城市发出橙色的光芒，我看到乡村的路灯，看到村庄里那些房屋和农舍里的灯光，我继续向东走去，河流看上去就像一面银色的平光镜，国防公路和罗马墙看起来就像一条黑色的缎带。我看到了巨大的黑色虚无无限向北部延伸。这明明就是梦境但却真实得不像梦境。我感觉自己处在完全失重的状态下，身体轻盈，运动自如。我在山脊的上方停留了片刻，身下还有圣米迦勒-众天使教堂。我俯视着下方，看着整个世界的表层在月光下异常美丽，它们太像我妈妈拍的摄影作品，太像人类的皮肤本身了。停留片刻之后，我沿着罗马墙，继续朝东走去，这道墙曾经是野蛮和文明之间的绝对分界线。我看到他们了，那两个身影，悠闲而坚定地大踏步走着。他们穿过罗马墙旁边的田野，月亮的投影被他们落在了身后。我想倒下去，想猛扑在地面上，想从我的梦境中抽身去到他们身边，并且向他们打招呼：**终于找到你们啦！我在这啊！**但是突然我再一次醒来了，发现自己还是孤独地躺在帐篷里。我再次尝试着入睡，想再次回归刚刚的梦境，但是再次入睡之后，我并没有再次进入那样的梦境，只留下了内心焦躁不安的阴影。

五

第二天早上，昨晚的梦境仍然依稀可见，仿佛还在继续一样，梦中的一切都仿佛继续存在于我的周遭。之后我离开帐篷，在清晨耀眼的晨光中走进家里的屋子。妈妈去纽卡斯尔了，我喝了点果汁，透过后窗向外望去，看到了田野上的羊群，牛群，青青草地和耀眼的阳光。

我听到爸爸在楼上踱步的声音，听到他的打印机"嗒嗒嗒"工作的声音。之后他就出现在了楼梯上，下来之后径直走到了厨房。爸爸看了看时间问道：

"你怎么不去学校上课？"

我没有回应，只是直直地看着他。

"因为我可能要离开了，"我吞吞吐吐地回答道，"因为我还很……"

我正在努力寻找一个理由，但随后便放弃了，只是耸了耸肩。

"年轻？"他反问道。

"是的，"我连忙接话道，"我还很年轻。"

听罢，爸爸也只是耸了耸肩。

然后他拎起水壶，舀了一勺咖啡倒进杯子里。

"托马斯·费尔。"爸爸边冲咖啡边说道。

"什么？"

"托马斯·费尔。还记得吗？人们在丘陵上发现了他的尸体。"

"那个德国人？战争中的老兵，那个流浪汉。"

"用**漫游者**形容他或许比较合适。但确实是那个人。"

"他怎么了？"

爸爸没有回答，只是意味深长地轻笑了一声，我看到他紧握拳头，咬住了嘴唇。

"他就是那位父亲，利亚姆。"爸爸平静地回答道。

"什么？"

"他就是那个弃婴的父亲。"

"艾莉森的父亲？"

"是的！"

我使劲揉了揉眼睛，难道我还在睡梦中？爸爸看着我，脸上依然挂着浅笑。

"但是他都八十多岁了。"我说道。

"那又怎么样。这也是有可能的啊。他就是那位父亲。那位戴着红帽子的女人，来自北部的费尔家族的一位年轻又身处困境的年轻女人，她就是那孩子的母亲。这孩子是托马斯人生中的最后一件事，也或许是他人生中的唯一一件事吧，他在生命终结的时候，又孕育出了一个生命。紧接着他死了，孩子母亲在极度的悲痛和困惑之中，选择把孩子放在鲁克礼堂，等着有人过来发现她。"

"你跟妈妈讲过这些'故事'吗？"

"你是知道的，我一般不会在自己的创作进行到一半时，把故事讲给别人听。"

"但是你告诉我了。"

"那是因为你是涉事者,你是那个弃婴的发现者。而且你妈妈可能会觉得我这些都是一些疯狂的想法。"

"确实挺疯狂的。"

"可能吧,但确实是一个伟大的故事。"

我开始不断地向爸爸发问,但是他只是不停地摇头,把手指放在嘴巴上,意指自己不能再泄露天机了。

"不能再多说了,要适可而止。"

得不到回应,我只有摇头叹气,爸爸哈哈大笑起来。

"顺便说一句,"他继续说道,"你妈妈告诉了我你自己很罗曼蒂克的行动计划。你渴望一段可以夜间在外露营闲逛的流浪生活。"他边说边笑:"就像是一个有家族病史的疯子一样,你认为自己在外流浪会安全无虞是吗?"

"当然了,我肯定会很安全的。"

"听起来倒是没什么拒绝你的理由,我小的时候也是很渴望能有这样的机会去疯狂一下。"

然后爸爸跟我一起望向窗外,远处一架黑色的喷气式飞机正在飞过霍灵顿山脊。

"托马斯·费尔,"爸爸喃喃自语道,"战俘,宝藏收藏家,弃婴的父亲,这些全对上了。"

他把他的手放在我的肩膀上,说道:

"有时候,创作就像是做梦。你是能看到画面的,你看到了你所创作的故事,你看到了笔下的人物,听到了他们的声音。故事在继续，带着他们本该有的人物性格，就像他们注定就要产生这些爱恨情仇。"爸爸的眼睛里闪烁着光芒，大笑起来："不管怎么样，你去做你的罗曼蒂克的漫游吧，我要继续坐在我枯燥无聊的椅子上创作了。"

"好吧。"

说完爸爸就再次离去了。

接下去的一整天我都待在帐篷旁边，看书，玩火，磨刀，使我的"死亡交易者"变得更加锋利。

六

下午晚些时候我去找马克斯。

"你没去上课，都去哪儿了？"他问道。

"我最近病得很厉害。"

"生病！你的父母都是如此的娇弱，难怪你也小病不断。"

"我猜自己没有错过太多有意思的事情。"

然后就见马克斯用手指计数，算着学校里发生的重大事项。

"我们写了一篇关于春天的诗；讲了三角函数；讨论了人性本善还是人性本恶，还是人性会随着周遭环境的变化而变化；第一次世界大战的起源；牛肉和橄榄馅儿的饺子。"

"看吧，我并没有错过很多嘛。"

此刻我们就在马克斯的卧室里，他面前的桌子上铺满了家庭作业。墙上贴着切·格瓦拉和韦恩·鲁尼的海报以及麦赛福格森拖拉机的宣传画。

我降低了自己的声音。

"奥利弗和克里斯特尔正在来的路上，"我平静地说道，"我肯定。"

"噢，是吗？"

"是的，所以我觉得我们应该把他们藏到凯恩的洞穴里去。"

"凯恩的洞穴？"

"你知道的啊，我们储藏东西的其中一个存放点。"

"什么东西？"

"该死，马克斯。食物，还有其他的一切东西，我们还是小孩子的时候存放的，以备将来战争爆发或者鼠疫泛滥。还记得吗？"

他摇了摇头。

"天哪，我们真的做过那些事情吗？所有那些为战争而准备的愚蠢的生存必需品。"

"但是它们现在派上用场了，不是吗？我们拥有这些补给品，就可以为奥利弗和克里斯特尔提供一个逃避外界的庇护所。"

马克斯轻轻叹了口气。

"所以他们的末日危机就要来了？世界末日也临近了！你醒醒吧，利亚姆。"

"你要退缩了，你这个无聊的饭桶。'农业工程师'先生，拥有诺森伯兰郡'女友'金姆的小好先生。"

"走开，你这个装腔作势的人。"

"我是那样的人？"

说着他推开面前的作业，咬着牙站起身来。

"是，你是，"他说道，"你和你的那些寻求庇护的朋友。他跟你有什么关系？"

"所以你的意思是他跟我们没什么关系，我们应该跟他撇清关系？所以我们应该让那些人把他送回到……"

"关于那些你又知道些什么？关于利比里亚和屠杀你又知道些什么？你太单纯了，利亚姆。如果他针对你，你该怎么办？"

"哈！你什么意思？什么叫针对我？"

"我的意思就是你在玩火。"

这个时候我们就相距一英尺，怒视着彼此。

"但是不管怎么说，"他继续说道，"这件事不是因他而起，不是吗？"

"什么？"

"是她，她是聪明的小妖精，不是吗？她是那个——"

不等他把话说完，我就上去一把抓住了他的领口，他只是发出一阵轻蔑的笑声。

"我说对了，不是吗？"

"她才不是史密斯家的小甜心贝基，如果你是这个意思的话。她也不是小金姆——"

没等我说完，他上来一把抓住了我的领口，用膝盖顶住了我的腹股沟，把我推倒在地，整个人压在我身上，脸正好在我的脸上方。

"这就是你坚韧的地方，利亚姆。"他对我小声说道，"你是一个傻子，一个愚蠢的无辜的傻子……"

我伸出手去，拿出我的"死亡交易者"，把它举到马克斯的面前。

"噢，不！"他大笑起来，"这是利亚姆·林奇和他的修枝刀啊。"

然后他使劲掰动我的手腕，使得这把刀的刀尖朝向我。

"不要威胁我。"他咆哮着说。

我们听到楼梯传来的脚步声，紧接着就听到了马克斯爸爸的声音。

"马克斯，你跟你的小伙伴玩得还好吧？"

我们站起身来，整理了一下各自的衣服。我重新把匕首插进了刀鞘中。

"是的！我们没事。"马克斯大叫一声回应道。

紧接着是"咚咚"几下敲门声，门开了，他的爸爸出现在房间门口。

"没事吧？小伙子们。"他问道。

"是的，没事。"我们异口同声地回答道。

"你也还好吧？利亚姆！"

"是的，我很好。"

然后他走上前来，靠近我，我的眼眶里还噙满泪水。

"你肯定自己没事儿？孩子。"

"是的。"我再一次回答道。

"好吧。"随后他转身走到马克斯身边，理了理他的衣领。然后说道："今天有很多家庭作业，是吗？儿子。"

"是的，我知道。"

"我听说你今天没去上学。"

"是的。"

"是哪里不舒服吗？"

"没有。"

"你看起来很健康，孩子。"他的脸开始变得冷峻起来。我看到了他眼神中的深意——我是一个不良分子，我是一个来自奇怪家庭里的奇怪的人。"我不认为你会影响马克斯进步的。"他说道。

"我不会。"我回答他说。

"或许你现在最好能回到自己的世界里做自己热衷的事情。"

我向门口走去，他把门推开以便我有足够的空间能够通过。

"我们在一生中只有一次机会。"他这个时候又继续说道。

"我**知道**。"我立即回应他。

"那你知道我们大部分人都会好好地利用它，是吗？"

"这个我也知道。"

"很好，那么现在你回家，然后做自己的家庭作业，之后再好好地睡一觉，明天你会在巴士上见到马克斯。当然，这些都是建立在你病情有所改善的情况下。"

我没有再回应，而是推开他，夺门而出。

那天晚上像死一般的沉寂，天空呈现出橘色、黄色以及像火一样的红色。我径直朝家走去。

阴影中响起一个嘶哑的声音。

"所以，你现在怎么**想**？"

七

说话人从阴影中走出来，径直朝我走来，抓住我的胳膊，擒住我的后背，说道：

"我说，你到底是在想些什么？"

当然，是纳特拉斯。

"我知道你去了，"他说道，"我秘密监视着你，谁会想到戈登·纳特拉斯竟然会是一个艺术家，是吧？"

我试着想逃走，但是他把我抓得更紧了。

"我们已经为这个取好了名字，"他说道，"它们的特点从一开始就很明显。我们就把它们称为'衣冠禽兽'，你觉得怎么样？"

我停止了挣扎，让他紧紧地抓住我，让他好好说话。他马上就要说完结束了。

"但是**你**怎么想都没关系，利亚姆。**大家**都觉得那些'作品'很伟大，**他们**想要我提供更多的这些艺术品。**他们**认为我就是那种附庸风雅的野蛮人，而且他们从来没遇到过像我这样的坏人。"他慢慢地靠近我，在我耳边压低声音说道："他们在一切方面为我提供帮助，类似视频声效和一切复杂的技术支持等东西。但是这些是我的，利亚姆。就像他们说的，这是**我的**作品，这是我的**视角**。"

说完他就哈哈大笑起来。

"我是一个充满想象力，颇有远见的艺术家，利亚姆。"

我一动不动，等待着，等待着他结束这一切。但他只是狂笑不止，他的气息都已经扑到了我的脸上。

"那么，他们到了吗？"他突然转变话锋说道。

"什么？"

"他们**到**了吗？"

说完，他开始低声笑道。

"现在，这件事你总关心了吧，是吧？"

我停止了挣扎，我必须要了解他都知道些什么。

"就像我刚才所说的，我在各处秘密监视着一切活动，"他说道，"最近有传言说一个黑人小伙子和一个白人女孩穿梭在诺森伯兰郡，但是这两个人看起来是应该待在其他地方的，当然不应该是在乡间小道上，而且他们一走就是几英里。所以他们到底是谁呢？这真是一个谜啊，是吧？也或许他们根本一点都不神秘。"

说完他舔了舔嘴唇。

"你没什么要说的吗？兄弟，"他继续对我低声说道，"你的舌头被猫给咬掉啦？兄弟。"

我将目光从他身上移开，看到他躺在地上，身上插着我的匕首。我迅速回避了这一幕，最后迅速地离开了，只听见他的笑声在我身后不停地回荡。

八

我回到家的时候妈妈正在厨房。一张很大的墙纸在餐桌上铺开来，妈妈把艾莉森的手上都涂上了绘画颜料，帮助她到处做"手绘"，让她在这张纸上留下自己布满颜色的掌纹和指纹。

"这个点我们应该在床上的，"她说道，"但是我们涂啊涂啊涂啊……"

她指给我看在纸上用绿色和蓝色颜料涂成的一个巨大的指环。"这是我，是不是？艾莉森。"

艾莉森咯咯地笑着，嘴里还不知道在喃喃地说着什么，心无旁骛地继续搞着自己的"创作"。

"现在轮到我们画利亚姆了。"妈妈说道。

说完她就继续铺展开剩下的还卷着的干净的纸。

"叫他站着别动。"妈妈说道。

艾莉森再次咯咯地笑个不停。

"用什么颜色呢？"妈妈犯难了。

就在这个时候，艾莉森把她的拳头伸进了一罐黑色的颜料里，然后用这只"黑拳头"扫过了纸张，然后又蘸了黄色覆盖在上面，紧接着是绿色，橙色，红色。在这个过程中，她一直咯咯地笑着。颜料已经布满了艾莉森的全身，她的脸上，胳膊上。连整张桌子都布满了颜料，液体颜料还不断地往下滴，滴到地板上。

"那我们开始画他的眼睛吧,"妈妈说道,"现在开始画他的嘴巴,要使他看起来很凶悍的样子。"

妈妈说着就拿起艾莉森的手,拿着它们轻拍在纸张上,勾勒出了奇怪的面部特征。然后她们就咯咯地笑作一团。妈妈举起这幅作品,只见那上面是一个奇怪的瞪着大眼睛的家伙,顶着一头乱蓬蓬的黄色头发。上面的液体颜料流得乱七八糟,顺着纸张不停地往下滴。

然后就听到妈妈看着那幅"作品"对艾莉森说道:"这就是你的利亚姆哥哥吗?哇哦,看看啊,他就是一个怪兽啊。"

艾莉森仿佛听懂了似的,哈哈大笑起来,脸上、嘴巴上,甚至舌头上都布满了颜料。

"喔—啊!"艾莉森发出一声怪腔,好像是努力想说话的样子,但是只能发出"喔—啊,喔—啊,喔—啊"的声响。

我做了个鬼脸,用一个手指尖蘸了一点红色的染料,然后在"我"的脸上留下锯齿状的标记。艾莉森见状笑得更欢了。

"啊哈哈哈!"妈妈大笑道。

"啊哈哈哈哈哈哈!"艾莉森也是狂笑不已。

"快跑啊!"妈妈大声说道,"利亚姆是个大怪兽啊!"

说着妈妈就抱起了艾莉森。

"来啊,宝宝,"她假装慌乱道,"咱们快逃啊。我们要逃到哪里去呢?我知道了!去洗手间。"

然后她们就逃开了,紧接着爸爸进来了。

"不准备去野外宿营了?"

"你的创作又遇障了?"

"是的。"我们异口同声地回答道。

九

　　我点了篝火，吃了一片凉比萨，喝了一些柠檬水，把我的"死亡交易者"拿在身边，兜里揣着当时发现艾莉森时从果酱罐里拿出来的一些零钱。稍稍填饱了肚子，我开始坐在露营瓦斯灯旁边的折叠椅上看书。我看着月亮在诺森伯兰郡的上空升起，我凝视着黑暗，听着周围的一切。我望向身后自己的家，远远地看到爸爸正立在窗户前远远地观望着我，我朝他挥了挥手，但是他看到我了吗？只见他也朝我挥了挥手，然后就转身继续投入到自己的工作中去了。月亮已经越升越高了，在东方夜空的映照下，我看到圣米迦勒-众天使教堂在夜空中的剪影。我又给火堆加了点柴禾，火堆燃得更旺了，火苗跳跃得更加欢畅了，四溅的火花就像跳舞的星星。我努力保持着清醒，但是身子却不由自主地从椅子上往下滑，思维也不受控制，在四处游移。我听到了婴儿的哭声，听到了纳特拉斯的声音以及他的那些展览品所发出的可怕的噪音。我听见爸爸的手指在敲击键盘的声音以及他的打印机不断发出的嗒嗒声。我听到了猫头鹰的尖叫声，远处的犬吠声以及其他一些夜晚生物的嚎叫声。我听到自己的心脏在坚强有力而平稳地跳动着，听到火苗的噼啪声，余火的嘶嘶声。我听到自己内心的声音。妈妈的声音："**我不是行尸走肉，我的本质不是！**"艾莉森的声音："喔—啊！喔—啊！喔—啊！"而且我还听到了克里斯特尔的声音。紧接着就是死寂一般沉静的黑夜，直到我发现自己已经从椅子上站起来并且看到了身后的"我"自己，"他"就坐在火堆旁的椅子上。我站起身来，融入着月色朦胧的夜色里。我又变成了一个"巨人"，巨大到几乎可以够得上月亮，我低头看着我家的房屋、我的帐篷、我的篝火以及我的整个村庄。罗马墙、国防公路和遥远的笼罩在橘色光芒里的城市，尽收眼底。这个世界是如此的美丽。银色的光芒，巨大的黑影，数不尽的羔羊，农舍里的灯散发着幽暗的光亮，几辆车的车灯，有无数的星星和无边的黑暗在围绕着它们。无边的黑暗一路向北，我停留在村庄上方的山脊上，停留在圣米迦勒-众天使教堂之上。就在那儿，我看到了两个人影，他们正穿过田野向教堂走来。我想喊出他们的名字，告诉他们我就在这儿，于是我蹲下来，我几乎能听得到他们穿过干草丛时的脚步声，我听到了他们打开教堂门时门闩的咔哒声，我听到了大门被推开时的嘎吱声。他们走进了环绕着小教堂的墓园，有几只羊躺在这里，在睡梦中变换着姿势。这时候只见那两个人继续朝着教堂墓地的外墙走去，顺着山坡而下，直逼村子的方向，他们指向很远处一点微弱细小的闪耀着的光亮，我听到他们喃喃的低语声，模糊中仿佛还听到了一个单词：**利亚姆**。我试着喊住他们，但是我发不出声音。我想把自己庞大的身子压得更低一些，但是我没办法。我完全没办法控制自己的行为！我看着他们互相肩搭着肩走着，渐行渐远，先是逐渐看起来只是一个形状，最后就变成了一道阴影。然后他们分开了，相继攀上了倚在墙上的一个阶梯。最后他们下坡穿过田野向村庄走去。

　　之后眼前的一幕就消失了，我只是在一个深度的空虚的无梦的睡眠里，然后我醒来了，再次跌坐到火堆旁边的椅子里，之前眼前出现的一切都消失不见了。我试着闭上眼睛，希望前面梦中的一切再次出现在眼前。

花园里响起了脚步声，一个声音响起。

"利亚姆！利亚姆！"

克里斯特尔的声音响起。

十

　　他们从花园树下的阴影里走出来，就像我梦里的那两个人。然后我看到了奥利弗那闪烁着光芒的脸庞，以及克里斯特尔那苍白又充满生机的脸。他们穿过草地朝我走来，我跟他们打招呼，激动得几乎说不出话来。克里斯特尔吻了吻我的脸颊，我一时手足无措。他们解开并放下随身携带着的帆布背包和睡袋。我依然激动不已，颤抖着说不出话来。

　　"警察来过了。"我喃喃地说道。

　　"当然，他们一定会来找你的，"克里斯特尔接话道，"我们是逃兵、逃亡者，是逃犯。"

　　"你们要去哪儿呢？"

　　"去他们找不到的地方。"奥利弗回答道。

　　"很偏僻的地方，"克里斯特尔说道，"比穷乡僻壤更远的地方。"她边说边笑起来："你能给我们带路吗？利亚姆。"

　　我只是凝视着他们，没有作声。直到克里斯特尔用手在我眼前晃了晃，我才重新看了看她苍白的脸颊，蓝色的眼睛以及她脸上绽开的微笑。

　　"奥利弗，他还以为我们的出现只是他的一个梦。利亚姆，醒醒啊。"说完她就拿起我的手去触碰她的脸颊。"我们都是真实的，"她说道，"我们就在你的帐篷里，有可能我们要永远藏在这里，当然也有可能不会。"

"你们在小教堂待过吗?"我问道。

"就是为艾莉森举行受洗仪式的那个小教堂吗?"克里斯特尔问道。

"是的。"

"待过,"她回答道,"我们藏在那里等你,利亚姆。'利亚姆会来帮助我们的'——当时我们一直这么告诉自己。我们去了小教堂,然后我们从上面望向小村庄,看到了这个帐篷以及旁边燃烧着的火堆。'一定是他'——我们这么告诉自己。'这是他的信号,他正在看着我们,他在等着我们',对不对?"

"是的,"我坚定地回答道,"是的,从听到你们离家出走开始,我就是知道你们一定会来找我的。"

"我知道你一定会这么想的,"她拥住我的肩膀,直视着我的眼睛,"我们一定会来的,这是注定的,利亚姆。"

"是的,"我说,"这是注定的。"

只见她又是对我微微一笑。

"快醒醒。"她说道。

"快醒醒。"奥利弗也紧跟着说道。

然后他们都开始哈哈大笑起来。

"这件事想想就觉得兴奋,"克里斯特尔说道,"逃离,逃离城市。外界一片黑暗,所有的光亮和所有的空间都是属于我们的。还记得第一天晚上,我们就住在教堂墓地里,第二天我们住在某家人的屋棚里,直到他们家的狗开始朝我们狂吠驱赶我们。我们也在公交车站候车亭、谷仓等类似的很多地方都留宿过……"

"有时候我们会吃别人菜园里的莴苣，"奥利弗开始继续接话道，"还有红萝卜……"

"你们没有钱？"我问道。

"只有一点，"奥利夫回答道，"我们必须要省着点用，因为还有很长的一段路要走。"

"昨天晚上我们吃了一只鸡，"克里斯特尔说道，"奥利弗用他的匕首亲手杀了一只鸡，那个可怜的小东西，就这样被我们烤着吃了。那是只很可爱的小东西，我们后来埋葬了它的骨头，感激它成为我们的猎物，我们祈祷它的灵魂能够畅通无阻地进入天堂。"

我拿出来一些奶酪、面包、饼干等等从家里拿出来的食物。他们两个立刻狼吞虎咽地吃起来。

"我正好也有一些钱可以给你们用。"我说道。

"你真是一个好人，利亚姆，"奥利弗说道，"但是你不要做任何让自己为难的事情。"

"我不会的。"我说道。

说完这些我舔了舔嘴唇，对接下来要说的话，我犹豫了。

"我想跟你们一起走。"片刻之后，我还是很坚定地说出了自己的想法。

克里斯特尔大笑。

"去遥远的边境？"她说道。

"是的，"我也跟着大笑起来，"只是陪你们走一段，我知道路。"

"那你或许真应该跟我们一起，"她这个时候已经有点转变态度了，"你觉得怎么样？奥利弗。"

奥利弗只是轻轻地晃了晃自己的肩膀。

"或许你确实应该跟我们一起，利亚姆。但是这段路上你必须要多加小心，照顾好自己。"

外面，天际已经开始渐渐泛白。

"我们该出发了。"我说道。

十一

我卷起睡袋，把"死亡交易者"捆在我的腰带上，然后溜进了家里，装了一些面包、水果、奶酪、香肠、火腿，放进我的帆布背包里。我给父母写了张纸条：**出去闲逛一段时间，很快就回来**！我把纸条贴在帐篷"门"口，赶在黎明之前，领着克里斯特尔和奥利弗离开花园进入田野。我领着他们沿着茁壮生长的庄稼地边缘一直走，脑海中一直在回放着去往艾莉森发现地的路线。天越来越亮了，河面上笼罩着一层薄雾，云雀在欢快地鸣叫着，麻鹬也在清晨展示着歌喉。空气清凉又明快。我们一直在交谈着。我想象着自己正在跟克里斯特尔和奥利弗逃亡边境之地，永远地跟过去的生活说再见，一切重新开始，再次重生。

呱呱！呱呱！

突然发现有什么出现在了我们面前，就停在大门上，忽闪着翅膀。

呱呱！呱呱！

"一只乌鸦！"克里斯特尔说道。

"那是一只寒鸦，一只在城市生活的寒鸦。"我边说边笑道。

"呱呱！呱呱！"我向它喊道，"这儿，杰克！"

我们来到了鲁克礼堂，我爬到里面去，在落下的石头上蹒跚前行。太阳已经升起了，仿佛一个橙色的大圆球从东方升起。阳光透过鲁克礼堂很多窟窿的天花板，倾泻进来，透过墙壁的裂缝和缺口照射进来，一只寒鸦就停在一面残缺的墙上。

呱呱！呱呱！

我们就坐在这些远古时的石雕上，边吃边喝着我从家里带出来的食物，薄雾也渐渐散去，河面开始波光粼粼，闪耀着光芒。在河流上游，城堡和炮塔在明净的天空中显得格外削尖，远处低空飞行的喷气机在天空中划出一道长线，紧接着是另一架，然后又来另一架。

我们用自己的手指感受着这些远古时期的岩石艺术，我向他们阐述着这些艺术的古老性，至今都没有人能考证出它们的寓意。

"或许它们毫无意义呢，"克里斯特尔说道，"或许它们仅仅是它们自己而已，在石头上雕刻漂亮的轮廓和图案而已。"

我拿出自己的"死亡交易者"，尝试着用刀尖在岩石上刻点什么，但是几乎不可能留下什么记号，我只是刻出了一个简单的图案，一个很随意的螺旋状的图案，像一条蛇一样。

"它代表了刻它的人，"奥利弗说道，"它表明，我就在这，在我被带走之前，我就在这。"

"被带走？"我问道。

"被战争带走，被敌人带走，被死亡……就像我写自己的小说一样。我们在这里待了一会儿，留下了自己的记号，然后我们也会被带走。区别只是我们自己选择走而已。"

呱呱！呱呱！

克里斯特尔站起来。她展开双臂就像长了一对翅膀似的，然后伸出头去，仿佛是要去抓住空气。她喊道："呱呱！呱呱！我在这！你看啊！我就是寒鸦！我不代表任何东西，仅代表我自己！而且我绝对无疑是最好的。"

呱呱！这只鸟又开始叫起来。

"呱呱！呱呱！"克里斯特尔回应道，"呱呱！呱呱！呱呱！呱呱！"

她开始脱下自己的鞋子。

十二

　　她卷起裤腿，赤着脚踩进水里，蹑手蹑脚地走着。穿过干涸的沙地浅滩，再次踏进水里，克里斯特尔在寒冷的空气中咯咯地傻笑。她站在水深齐小腿的水里，看着水流平缓地流过，用小腿感受着水流的平缓柔滑，随后只见她双手伸进水里，轻轻捧起一捧水扑到脸上，脸上立马水珠四溅，只见她抬头仰天，张开双臂拥抱着天空，那情景看起来仿佛是她要开始飞翔了一般。嘴巴里还模仿着寒鸦的叫声喊起来，但只是刚刚学了一声，她就开始哭笑不得，之后对着前方大声说道：

　　"我是**克里斯特尔**！就是我！我就在这儿！我现在**自由**了！"

　　她涉水走回到岸边，朝我们挥挥手，便开始脱掉自己的牛仔裤，夹克外罩，羊毛衫和短袖 T 恤。她看起来是那么瘦，那么苍白，那么脆弱，但又如此的美丽和勇敢。就这样，她只穿着内衣和短裤又重新回到了水里，能看到她的肩胛骨上有着颜色很深的伤疤，像是曾经很大的伤口留下的。她一直往水的深处走去，直到水深齐腰，然后她蹲下去，在冰冷的水里对着我们大喊大叫，完了继续蹲下去，又向更深处走去。紧接着只见她闭上了双眼，一头扎进了水里，随即又冲出水面。

　　"你们也**来**啊！"她大喊道，"真是**太好玩**了。"

　　我们也脱去了内衣裤，一个猛子就扎进了水里。水实在是太凉了，河床上布满了砂砾和石头，我们相互嬉戏着，拍打着水花，互相捧起水朝对方身上泼，就这样嬉戏玩耍着。我们没进水里，听凭水流带着我们随意飘荡，我们逆流游泳，穿过河流游到了河对岸。结束了这场嬉耍之后，我们从河里站起来，相互拥抱在一起。我们的皮肤都被河水浸泡得冷冰冰的，但是身体里火热的心脏却跳动得异常激烈。

截至到目前，克里斯特尔苍白的妆容已经一扫而光，真正的肤色一览无余。她伸手去摸脸上的"记号"——她左眼下的皮肤因为儿时的一场烧伤而一直呈现出红色，然后耸耸肩说道：

"这就是我真实的皮肤颜色，就是这样。平时我都是用化妆品遮盖了，但是有时候我想，管它呢……"

我们收拾停当，又开始了我们的长途跋涉。我们在鲁克礼堂旁边的岩石上伸着懒腰沐浴阳光。鸟儿鸣啼，河流湍急，微风也在树梢上窃窃私语。一架又一架的喷气式飞机从我们头顶飞过，但是我们依旧欢声笑语并朝它们挥舞着拳头。

"滚开吧！"克里斯特尔说道，"滚回家去消停一段时间吧。"

她的胳膊上方是刮胡刀造成的伤疤，她的烧伤分布在腰上和大腿上，奥利弗的脸上是刀疤，还有其他的伤疤分布在他的胸部，他们两个都遭受过如此多的磨难和伤害。克里斯特尔倾了倾身子吻了一下奥利弗，我看到她肩胛骨上的伤疤一点也不像伤疤，而是像青一块紫一块红一块的文身。

她注意到我在看她。

"以前我的一个伙伴帮我弄的，"克里斯特尔向我解释道，"几年前我在另一个寄养家庭里认识的小伙伴，她说我前世是一个受伤的天使。"

然后奥利弗站起身来，回头望着远处的村庄。

"怎么了？"我笑着说道。

顺着他的目光望去，并没有发现什么异常：空旷的田野，冷清的铁轨，灌木篱墙，还有不知道哪里传来的拖拉机作业的轰鸣声。

"可能什么都没有，"他说道，"但是我们应该继续赶路，利亚姆。"

于是我们穿戴整齐，我领着他们沿着河边远古时期侵略者的足迹，继续前行。我们快速穿过阴影斑驳的田野，一路向北，朝着我跟马克斯·伍德很小的时候就一直渴望的"庇护所"走去。

十三

　　我们的行程一开始还是蛮顺利的，但是慢慢就变得路径曲折蜿蜒，杂草丛生，我们不得不穿过浓密的矮树林，在过度生长的枝杈下面穿行。我们听到了远处一些犬吠声，那些老宅子的花园里孩子们玩耍的声音。我们不敢声张，尽量沉默着前行。沿着河边的小径开始变得曲折连绵，这边的浅滩布满了大块的石头，我们踩在上面走过的时候，石头不时地发出咚咚声，还会时不时地让我们滑上一脚。很多倒下的树横亘在路上，它们的根都已经被河水冲刷得很干净了。河的中央总是会分布着很多大块大块的岩石，这是古时候入侵者横跨过的地方。在河的另一边，有一面看上去不可逾越的布满了岩石的高墙，我卷起自己的牛仔裤，踩在岩石上跨过这条湍急的河流。他们两个在我的带领上，也相继跟了上来，向着若干年前我跟马克斯发现的峡谷进发。不知道什么时候，有人已经在这里装上了旋梯。我们攀着旋梯不停往上爬，牢牢抓住那些错节生长的老树在岩石中裸露凸显的根茎，一点一点地往上爬，这种方法令我们的攀爬变得出乎意料地容易。这个裂缝大概有一人宽，镶嵌在里面的旋梯非常深，这些老树也是异常强壮。你甚至可以驮着一头羊，可以带着一具受害者的尸体，或者你可以把它们一起绑在绳子的一头，拉着它们向上攀，旋梯绝不会塌掉的。

　　到了顶峰，我们犹豫了。我们回望着两旁绿荫环绕、水面波光粼粼的小河，远处的城堡，农舍的烟囱里升起的袅袅炊烟，回望着若隐若现的村庄以及更远处遥不可及的城市。转身又是另一片风景：坚韧的随风飘扬的草丛，黑煤块似的大地，裸露在地面上的黑岩石，以及仿佛会永远悲凉孤寂的荒野沼泽。

没有多作停留，我们再次向北进发，我想远古时期还处在蒙昧状态的祖先们一定也路经此地，他们的血液和遗骨已经腐烂并经历各种分解、风化之后融入脚下的这片大地。轻轻拂面的微风中一定也有过他们的呼吸。他们的呐喊吼叫声一定也融入进麻鹬的鸣叫和云雀的歌声中。他们原始古老的本能一定也存在于我们的特质之中。他们存在于我们的记忆力，故事里，梦里。

眼前的景象是如此的惨淡凄凉，我们身处的环境是如此的荒凉冰冷，没有任何的庇护所，没有任何地方可以藏身。但是我领着我的朋友来到了山脊上，这里有一个很小的可以休憩片刻的隐秘谷，很多缠结在一起的树组成的杂树林，涓涓而下的溪流，岩石小径，金雀花和石楠花，长满木瘤的黑荆棘，山楂树和桦树，后面还有一面岩石形成的墙。我领着他们穿过草丛，钻进了树林，朝着岩石墙走去，直至走到中心部位的、高至我们头顶的洞穴入口。

十四

这里的空气几乎是静止的，我们能听得到涓涓细流轻柔的流动声。这个洞穴不是很深，在里面走不了几步就到头了，我们推断这个洞穴一定是几百年前，被一些入侵者挖掘出来的。我想象着他们当时聚集在这里，摩拳擦掌，吹嘘着自己的骁勇善战，自己的残暴，自己的伤口。我想象着他们把偷来的羊用绳索拴在这个洞穴里，想象着他们装满整麻袋的掠夺品。

"这是凯恩的洞穴，"我突然说道，"我们说过，如果战争爆发，或者世界干涸，又或者地球开始自燃，再或者如果我们的家庭在一场瘟疫中毁于一旦，这里将是我们其中一个藏身之地，一个庇护所。"

说完这些，我就开始大笑起来，笑我们那些愚笨无知的孩童时代的"美梦"，但是更为自己当初的天真无邪感到可笑，心底不由得升起一丝甜蜜。

"看这里。"我突然说道。

我跪在一块长满了苔藓的岩石旁边，它就像我的胸膛一样宽。我抓住它的两边，开始努力地想要把它搬离地面，最后我终于把它掀起来挪到一边去了。我清理了下面的碎石子和它下面的泥土，然后我看到了它们。

"宝藏！"克里斯特尔喘着粗气说道。

那是一个白色的塑料箱，有一英尺长，九英寸高。我把它拉出来。用手指移开了它的盖子，然后一件一件地拿起里面的东西：一些豆子和爱尔兰炖菜，热狗；几袋硬糖果；几包米和意大利细面；用锡箔纸包住的一大块圣诞蛋糕；一个打火机；一副刀叉；一个开罐刀；一个指南针；一个削尖了的铅笔；一个精装的学生练习本，上面是我孩童时用很稚嫩的笔迹写的：

最后几日的旅程！

——利亚姆·林奇

克里斯特尔忍不住咯咯地笑起来。

"利亚姆·林奇最后几日的旅程！利亚姆，这多浪漫啊！"

每一样东西都"幸存"下来了，只有几样有轻微的污损，有一点生锈，仅此而已。

"这是一个时间囊，"她说道，"它们有多长时间了？"

我摇了摇头，回答不上来。

"四年？五年？"我笑着说道，"我们过去常说如果我们永远也用不上这些东西，那么将来另外一些孩子或者一些考古学家将会发现这些东西，并且通过它们了解到我们。你看，果然是这样吧。"

然后我指给他们看在这个塑料盒盖子上，我们用黑墨水写下的字：

这些东西是老早以前，利亚姆·林奇和马克斯·伍德放的，我们向将来发现这些东西的人，呈上最真挚的问候。

我现在还记得当时我们是怎么样将它放在石头下面的；还记得我们是如何双膝跪地为我们的家庭、未来的子孙和世界的和平祈福的；还记得当我们掩埋好这些东西，将石头重新归位以后，我们是如何紧握拳头，意志满满；还记得我们是如何承诺友谊长存，坚不可摧；还记得我们当时是如何时时地保护对方；还记得我们是如何坚定地认为我们永远不会分开。

"爱尔兰炖肉！"克里斯特尔说道，"你真是个天才啊，利亚姆·林奇。"

我已经准备再次"扫描"一下地面，想尝试着记起来其他的藏匿点。

我用我的"死亡交易者"不停地戳向地面，"勘探"着异样。然后我感受到刀尖戳到了某种金属，我锯开草皮，把土扒到一边，拉出来一对铝制的烹饪锅，我把它们分开。之后又找到一对蓝色塑料双筒望远镜和一对小型的折叠式小刀，我把其中一把小刀打开，但是它已经坏掉了，刀片自行折断掉进了草丛里，我又打开另一个，同样也已经毁坏了。

克里斯特尔见此状，再次咯咯地笑起来。她拿起双筒望远镜看了看，然后笑得更厉害了，说道：

"你不会真的以为用这个东西能看到什么吧。"

我很清楚地记得这些东西。它们跟我的巧克力雪人和《笑话大全》那本书一起放在我的圣诞袜里。

"我们认为我们可以看到世界末日！"我说道，"我们认为我们能看到第三次世界大战。"

"喔，利亚姆！你过去一定非常的**具有奇思妙想**！还有**更多**其他的东西吗？"

我继续"勘探"着地面，希望能再次有所斩获，急得直挠头。

"估计没有了。"

"仅仅只有你自己，是吗？只有你和那个儿时的你吗？"

说完就见她舔湿了自己的手指，擦掉了热狗罐上的标签。

"啧啧，也才过期三年而已啊。"

奥利弗手上拿着一本笔记本，那个笔记本看上去已经僵硬得像是被风干了。奥利弗翻着它的时候，书页发出清脆的类似爆裂的声音，不过里面什么也没有。

"这是一个很可爱的英语故事，"他说道，"就像罗宾汉和他森林里的随从，就像亚瑟王的骑士们驰骋穿过荒野。你跟马克斯一定在这里度过了无比欢快的时光。"

"是的，我们确实是。"

我看到了我们，躺在洞穴上方的长草上，拿捡来的木棍当步枪使，我们凝视着在遥远的北方玩着战争游戏的士兵。

"冲啊！"我们过去经常这样，"冲啊！冲啊！冲啊！"

我们拿石头当手榴弹。

"轰！轰！"

"我们总是打架打到死！"我们总是会哭喊大叫，"哎呀呀呀呀！冲啊！冲啊！利亚姆和马克斯，万岁！"

这时，一架喷气式飞机在我们头顶飞过。我们听到了北方一声低沉的爆炸声，接着我们听到了"嘣—嘣—嘣—嘣—嘣"的枪击声。

"只是游戏而已，"我说道，"他们不会再靠近了，我们只是孩子。我们对他们那些大人的东西不感兴趣。"

奥利弗这个时候打开自己的帆布背包：一些备用的衣服，一个很长的切肉刀，接着他在这个洞穴里铺开了自己的睡袋。

我们坐在石头上，看着眼前的风景，看着彼此，看着头顶的天空，还时不时地互相对望一眼。

"你找到了一个很好的'据点'。"奥利弗说道。

"一个完美的小'据点'。"克里斯特尔也附和道。

"一个可以潜心创作的绝佳地。"奥利弗继续说道。

这个时候，我们听到枪击声再次响起。他拿出自己的笔记本，迅速地浏览着，我们只可以瞥见那一页一页满满的黑色的参差不齐的字迹。

"你很想看，是吗，利亚姆？"他说道，"但其实这里面也没什么，只是大量毫无意义的话。这些空白页估计跟你的空白笔记本一样完好无损。"

说完这些，就看到奥利弗紧握着笔，笔尖在已经完工的页面上缓缓扫过，他划掉了之前写过的内容，然后翻到新的一页，开始集中精神，就像爸爸每次开始创作的时候一样，将自己从世俗的世界抽离出来。这个时候奥利弗的眼神中已经阴云密布，酝酿了片刻之后，他就开始在纸上创作起来。

我用一只旧铅笔在笔记本的首页上签上日期，然后写了几行我认为很有意义的话。

我已经十四岁了，我现在跟克里斯特尔和奥利弗在一起，没有瘟疫，没有战争。

奥利弗发出一阵呻吟，做了个抿嘴龇牙的表情。突然把铅笔刀狠狠地扔在地上，铅笔刀插在了他旁边的地上。之后他再一次划掉了之前所写的内容，开始继续创作，发现我在看他之后瞪了我一眼。

这时只听克里斯特尔大笑起来。她又在用毫无任何作用的双筒望远镜"瞭望"了。

"来啊，"她突然说道，"带我四处走走啊，利亚姆。"

十五

　　我们走到了峡谷的尽头，坐在一块凸出地表的大块岩石上吃着我们刚刚带在身上的面包和苹果。克里斯特尔从我臀部的剑鞘里抽出了匕首，开始在岩石上刻起来，刻的那东西据形状看，像是一圈圈盘踞着的蛇。我看着刀尖在她手中游走在岩石表面上，压抑着内心的紧张，问出了我一直想问的一个问题。

　　"你为什么要割伤自己？"我终于问出来了。

　　"什么？"

　　"是为了要证明自己的存在感或者其他什么东西吗？又或者是为了惩罚自己或者其他什么原因？"我说完这些望向别处，不敢看她的眼睛，"不告诉我也没关系，本来也不关我的事儿。"

　　"告诉你也没关系啊，我不介意的。这本身就是一件很愚蠢的事情。一开始只是我用马铃薯削皮器做的一件愚蠢的小事。一个周日的午饭时间，我百无聊赖，削马铃薯的时候突发奇想，卷起衣袖，拿起削皮器就往胳膊上拉，刀片拉过的地方，红红的露出血丝，哎呦，疼死了。但是我没有停下。不久之后，削皮器就变成了刮胡须刀，甚至匕首。"

　　我惊讶地瞪大了眼睛。

　　"不要用那种眼神看着我，"她看到我的反应后说道，"这很正常啊，很多孩子都会做这种事。你难道从来没做过吗？不会吧？好吧，像你这样的孩子是不会这么做的。"

"像我这样的孩子？"

只见她用舌头抵住上颚，做了一个对我很不认同的表情。

"不要装傻，利亚姆，你明白我在说什么。被爱、温暖和关怀环绕着的生活，你肯定会觉得很无聊吧，"她说着露出一丝微笑，"像你这样的孩子总是想象着能成为我这样的人，但是像我这样的孩子所有的愿望不过是成为你这样的人而已。"

说完，她从我们刚刚坐着的岩石上一跃而起，她的姿势、她皮包骨头的身形，以及她疯狂生长略显凌乱的头发，在耀眼的蓝天下映射出剪影。

"我看起来一定很奇怪并且可笑！"她说道，"我就是一个疯狂的女孩！"她走下岩石，"而且我只是梦想成为一名平凡乏味的乡村女孩，那些你可能会嗤之以鼻的乡村女孩。"

她拉住我的手，领着我向前走去，然后我们穿过了眼前的一片荒野。

"我想要告诉你关于克拉瑞·多德的事情，"她说道，"我要告诉你，像我这样的孩子想要拥有正常的人生是多么困难。"

她领着我，我们向另一块岩石走去。那块石头上长满了地衣和苔藓。我们倚靠着它，坐在草地上。我面朝太阳，它已经很炽热了。突然听到了从下面的峡谷里传来的奥利弗的喊叫声，那是一个作家文思枯竭时的咆哮声，就跟我爸爸一样一样的。

"他的故事写不下去了，"我平静地说道，"他找不到思路了。"

"他会完成的。"克里斯特尔坚定地说道。

然后我们陷入一片沉默。

"克拉瑞·多德，"克里斯特尔说道，"我要说的是一个奇怪的女孩。我们当时住在一起，我和她，还有其他一些无家可归的流浪儿和孤儿，我们住在位于卡勒海岸滨海区一座漂亮的石头房里，当时照顾我们的宿舍管理员十分和蔼可亲。克拉瑞总是喜欢给别人催眠。我们经常在午夜之后，抱着我们的泰迪熊或者其他毛绒玩具，穿着睡衣，弓着身子聚在她的床上玩。她用特有的手势和话语对我们催眠。**你就在我的掌控之中，闭上眼睛，回去到很久很久以前，回忆，回忆。**她可以将我们带到任何我们想要去的地方。她告诉我们她相信轮回一说，她说我们每个人都有前世，在另一个空间的另一个地方以另一个人的形象存在着，生活着。她说她可以指引我们找到前世，并回到前世的生活里。我们都能在那个世界里重新生活，但仅仅是一段很短的时间。"

"你相信那些话吗？"

"我相不相信都不重要，我只知道我所看到的。我记得自己坐在克拉瑞·多德的床前，看到小伙伴们都被'送回'了他们来的地方。其中一个小男孩的前世是战争中的火炮手，他在一个轰炸机的炮塔里飞跃德国上空。**敌人就在两点钟方向！**他喘着气说道。然后他握着空气，就像手里有把机关枪一样。他注视着天花板就好像有一架敌机正在头顶飞过。**咚咚咚！你们都去死吧！去死吧！**还有一个矮胖的小女孩——乔·斯库勒，她的前世是大户人家的女佣，她总是笑着说，**谢谢你，夫人。是的，先生。让我来帮您拿帽子和外套，先生。**甚至有人前世是一只动物——一只狗，一只猫，甚至还有一只浣熊。你能想象吗？哈！他们被催眠以后，犬吠，咆哮声和猫叫声四起，我们的住所整个儿一个动物园似的。"

她说着哈哈大笑起来，然后继续回忆着。

"有时候被催眠的人，眼睛是大睁着的，有时候是紧闭着的，像是死去了一般。我们不能喊醒他们，这是规定。他们在前世中可能会死，或者在类似地狱边境这样的地方被带走。最后还是克拉瑞进入到他们的轮回中，把他们带回来，指引着他们回到这个房间，回到自己的床边，回到自己在卡勒海岸滨海区的房子里。"

"他们醒来之后还会记得自己被催眠时发生的事吗？"我问道。

"是的，他们记得。而且他们中的大部分人都相信'梦'中的一切都是真实发生的。'他们是那么的真实'——他们经常这么说。他们当时就是真实存在着，他们就是当时的那个人。哈！或者就是那只猫，当他们说起这些时，他们就好像在梦里，看到了所发生的一切。哈！我还记得一个孩子，脸上挂满了笑容。**噢，克拉瑞！**他说道，**在前世里做一只羊太好玩了！**我们都很爱她，可爱的克拉瑞·多德。她在我们心目中有点类似圣人的感觉，我敢肯定她就是圣人，"说到这里，她停顿了一下，"说出这些事，感觉很诡异，我以前从来没有向别人说起过这些。这个山谷一定存在着什么超能力让我去讲述……"

"那你呢？"

"我？"

"克拉瑞对你做了什么？"

"我不想被催眠，很长很长一段时间都不想，而且克拉瑞从来不会强迫我们中的任何一个人去做这件事情。她说除非被催眠的人是完全自愿的，不然她很难掌控我们在梦境中的一切。我想我可能是太害怕火了，害怕自己再次置身火海。我把这些告诉了克拉瑞，她说是的，但我可能必须要闯过这一关，必须回到更久远之前，回到我经历的那场大火之前。她很贴心，年龄比我们都稍微大一点。她可怜的妈妈是死于吸食毒品过量，堕落的父亲在很久以前就去世了。她说有时候她会无意识地滑进自己的前世里，她有好多个前世。她说其中最好的一个前世的经历就是她在海上的生活，在那个前世里，她是'玛丽皇后'号上的一名厨子。还有一个前世经历是一名叫'邋遢多特'的海盗，带着一只顽劣的名叫皮特的宠物猫。她说她还瞥见了自己在很久很久以前的生活，那个时候她没有腿，有一条尾巴，生活在美丽的蓝色珊瑚上，跟各种各样蓝色和黄色的鱼以及八爪鱼生活在一起，她就是传说中的美人鱼。她不停地向我讲述着，仿佛那就是她最欢乐的时光。但是她相信这所有的一切吗？她说她相信。她总是很开心很善良，我们也很喜欢她施展在我们身上的'魔法'。我们总是会聚集在床上谈论着各自美丽而且神秘的前世人生。"

在讲述这些的过程中，她依然拿着我的那把"死亡交易者"在岩石上不停地划着。只见她刻了两个相交的曲线，就像一对翅膀，然后不断地使劲儿把它们刻得更深。

"我的标志，"她再次开口说道，"凤凰，"说完继续在翅膀的下面再次划起来，"看，这些是火焰。"

"那么你后来用催眠术回到火灾之前的前世了吗？"我还是忍不

住问道。

"最后我还是回去了。我还记得自己是如何穿过火焰，太恐怖了。但是克拉瑞引领着我回去，再回去。于是我见到了他们，妈妈，爸爸，以及走失的兄弟姐妹。我能感受到他们的抚摸，他们的气息。我也相信这发生的一切了！当我回到床边回想发生的一切时，是那么的真实，仿佛历历在目，我太开心了。"

然后克里斯特尔举起匕首，用拇指在刀尖上按了按。刀尖已经被磨得很钝了。

"我弄坏了这把刀。"她说道。

"我会再把它磨尖的，而且你看，你可能正在创作一件岩石雕刻艺术品。"

于是她继续埋头刻起来，把之前的刻痕继续加深。

"它们会永远留在这儿的，"她说道，"未来的人们会说，这些图案到底是什么意思呢？"

"那么从那以后，你又再次让自己被催眠，再次回到更远的前世了吗？"我依然就刚才的话题问道。

"回到前世的生命里吗？没有。克拉瑞也问过我是否还想继续回到更远以前的前世里，但是被我拒绝了。我说自己拥有现在的生活已经很知足了。所以除了回了两三次被家庭温暖包围的孩提时代，我就没有再回到更远的前世。我害怕索取得太多，很害怕不停地回到从前的时光会形成一种'药物依赖'，影响我正常的生活，影响我身心各方面正常成长。"

"所以……"

我话还没出口，她就笑着用手指按在了我的嘴巴上，让我闭嘴。

"所以到最后，"她接过我的话说道，"善良的克拉瑞离开了我们，她被送往了其他的寄养家庭。当后来者问起她的时候，我们总是回答说她在做好事，她让我们知道了自己的过去。而且我们中的其他人也在被不断地送往其他的寄养家庭。以上这些就是像我一样的孩子，他们所经历的人生。我们不得不从一个家庭到另一个家庭，然后重新结识新的同伴。有些同伴就这样永远地离开了我们的生活，有些同伴就像幽灵一样，就像你散落在各处的记忆，就像你会想念的东西，就像你一直会做的梦一样，环绕在你的周围，存在于你的脑海里。"

说完这些，她微微笑了笑。

"所以不管怎么说，"她说道，"所有的生活有时候就像在做梦一样，你认为呢？利亚姆。"

"是的。"我表示赞同。

"太好了！你也同意我的这个观点。"

然后她把小刀递到我的手里。

"现在轮到你了，"她说道，"你的标记长什么样？刻出来给我看看。"

我完全没有想法，不知道刻什么。无奈之下，只有拿着刀尖不停地在岩石上胡乱涂鸦。我突然灵机一动，开始用小刀刻出一个个的圆，然后绕着圆心一圈一圈地向外蔓延。我们就这样不停地画着，时间就这样流逝，时不时会听到北方传来的爆炸声，就像是远距离步枪的枪声，下面的山谷里时不时传来奥利弗创作受挫时的喘气声。我们不停地把匕首递来递去，在这块石头上"创作"着我们诡异又美丽的符号。

十六

后来，我们回到山谷。奥利弗依然在躬身创作着，因为太专注于自己的创作，以至于他抬头看我们的眼神，就好像我们来自另外一个世界。

"吃饭时间到喽，"克里斯特尔对奥利弗说道，还不忘记补上一句，"虽然没有什么酒胶软糖 ① 和热狗。"

奥利弗并没有笑。

我生起了一个火堆，然后把从家里拿的香肠放进一个铝盆中，随后它们开始油花四溅，发出"嗞嗞嗞"的声音。

"写得怎么样？"我问奥利弗道。

他没有回应，就狠狠地扯掉笔记本上的一页，随手扔进火堆里。

"写故事是很容易的，"他打开自己的笔记本说道，"但是那些看起来和听起来都像真事儿的故事，可能到最后只是一个梦而已，只是一个我希望发生的故事。"

我用刀子插起一根香肠吃起来，烤过后的香肠油脂四溢。克里斯特尔想递给奥利弗一个香肠，但是他甩开了手。然后他又撕掉了一张自己的"创作"，用拳头揉成一团，扔在了火堆里。

---

① 原文为 midget gems，表面意思为侏儒的宝石，这里指代类似酒胶软糖一样的橡皮软糖。

"满纸谎言。"他说道。

"我知道这很难。"我说道。

"你真的知道吗?"奥利弗问道。

"是的。"

"你怎么会知道呢?你跟你的家人,都幸福地生活在诺森伯兰郡。"

"我的爸爸,"我说道,"他是个作家。"

"你的爸爸!啊哈。"

他继续在火上翻着自己的笔记本。

"别介意。你最好不知道,你还年轻,知道那些有什么好的?"

"知道哪些?"

他没有回应,只是仰天叹息。

"我必须独自前行,"他很突兀地说道,"你知道更远的北方是什么吗?利亚姆。"

"稀稀拉拉的村落,几个城堡,废墟,很多空旷的原野。然后就是苏格兰,然后就是更多的空旷。"

"所以我可以一直在空旷里游荡,直到死去。一个真正的难民,从来都是孤独的,我就是一场遥远的战争中遗留的难民。"

"是的。"

"不是这样的。"克里斯特尔小声说道。

他手里拿出一把刀向我们展示着。

"看,这把刀和现在的环境如此相配。"他说道。

他把玩起这把刀,在空中旋转了一下,然后再抓住它,把它深深地插进地里。

"看到了吗？"他再次说道。

"嗯，看到了。"

"是的，无论我身处何地，这把刀都如影随形。"

说完他继续旋转起这把刀，把它举得很高，就好像他要杀谁一样。然后他向我探过身来，用拇指按在刀刃上。

"我不是你认为的那样。"他平静地说道。

说完就陷入了沉默。我翻了翻铝锅上的香肠，太阳已经开始下山，不久天就要黑了。我举起烤好的香肠，把它们放在面包上。然后分别递了一个三明治给克里斯特尔和奥利弗。奥利弗接过三明治就吃了起来。他从自己的笔记本上撕掉了更多的纸，把它们扔进火里，不停地一边撕一边烧。

"谎言，"他喃喃地说道，"谎言，谎言。"

这个时候，他拨了拨火，然后注视着幽深的黑暗，眼睛熠熠生辉。

克里斯特尔走到他身边。叫了他一声：

"奥利弗！"

他只是站起身来，并且大笑起来。

"奥利弗，谁是奥利弗？"

只听见他一声轻叹。

"听好了，孩子们。我将要告诉你们在世界的中心发生的最恐怖的事情。我真实的名字叫亨利·美德斯，今年已经十七岁了。"

十七

停顿了片刻之后，他又开始大笑起来。

"是的，我是亨利·美德斯。今年十七岁了。你可能会问，但是我为什么要相信这些而不是相信另外的事情呢？我也不知道为什么，除非这些是真的，所以不要质疑这些事情。你们看，我已经烧毁了那些谎言，现在留下的都是真实的。我们脚边还有谎言的灰烬。让我来告诉你们我的童年。我应该讲出来吗？是吗？我还记得那个又小又普通的名叫亨利的小男孩。那是完全不同的世界，完全不同的时代，我记得相隔百万英里以外、仿佛已经几个世纪之前的我的爸爸妈妈，兄弟姐妹。那个时候我们有些什么呢？什么都没有，有的仅仅是一块田，一个小棚屋。我还记得自己在尘土飞扬中跟兄弟姐妹一起玩耍的画面，那个时候是如此开心。我还记得我在烈日的炙烤中，在庄稼地的边缘处打着石桩，爸爸在百米以外的田地里唱着歌。我还记得闷热的晚上，妈妈在小棚屋里唱着歌。我还记得跟弟弟睡在一起时，他的皮肤紧挨着我时的感觉。我还记得他夜里睡觉时总是习惯在睡梦中像踢足球一样胡乱踢。我还记得我的小妹妹拍手吟唱的画面。我还记得她是怎么喊我的名字的。**亨——利！亨——利！**"

说到这里，他停顿了。只是不断地重复着："亨——利！亨——利！"

他把整个本子都扔进火里，看着它烧起来。

"我是亨利·美德斯，"他重复道，"自从开始我的'旅程'以来，我从未向任何人提起过这些。"

"我的父亲约瑟夫是个好人，他很乐观。他的一生总是在经历各种各样的战乱，但是他说世界肯定会发生变化的。他说世界的某些地方一定会迎来和平，再也不会有战乱。在那些地方，人类会看到自己行为的愚蠢。他说像我这样的男孩总会在这个世界上找到自己的位置，他说我应该把自己看成是整个世界的一员，而不仅仅是在利比里亚这个国家的这个小村落中的一员。他说当我长大以后，我必须去旅行，我必须去欧洲，美洲。然后我会成为一个经验丰富、充满智慧的人回到家乡，建设家乡。他跟我说这些的时候自己总是会忍不住笑起来。**听我说亨利，我，约瑟夫·美德斯，作为一个一无所有的人，在这个贫穷的小地方对你这样一个还光着上半身的可怜的孩子说着这些话。但我是对的，亨利。你必须学习，必须成长，必须有梦想，而且你必须离开。**然后他亲了亲我，并且说总有一天他同样会亲吻我，祝福我的远行。**与此同时，你必须工作，必须捡石头，而且必须去上学。**"

说完这些，他透过燃烧的火焰望向对面的我。

"可能大人总是这样，"他继续说道，"父亲总是期望自己的孩子能够离开家独自生活。是吗？利亚姆。"

我想起了爸爸那句：**过你想要的生活，利亚姆。就像冒险一样去生活。**

"是的，"我回答道，"确实是这样。"

　　"我们的学校是由一排长椅组成的，蓝天白云就是我们的教室
'房顶'。孩子们每周在这排椅子上坐几个小时。我们用木棍在石板
上写潦草的字，像我们中一些没有石板和木棍的孩子，就弯下身子
在地上的土里用手指写字。写字之外，老师还会教我们数数、背诵
字母和吟唱国歌。我们聆听老师讲我们身边的一些人和奇怪的动物
的故事。老师举起一张画着'牛'的画，我们就跟着大声地喊出来
'牛'，然后再写下这个字——牛。老师举起一张'蛇'的图片，我
们就会大声喊出来'蛇'，并且写下这个单词——'蛇'。老师告诉
我们利比里亚的意思就是'自由之地'，他说我们有义务努力学习、
认真工作，去建设这个自由的国度。他有一个盆子，装满了年代久
远、几乎褪了色的旧书。如果哪天我们表现得很好，读书很用功的
话，他就会展示盒子里的书给我们看。这个时候我们总是能听到他
翻开这些书时，旧书因为太过陈旧而发出的碎裂声。我还记得那些
图片：纽约，加利福尼亚海滩，伦敦，白金汉宫，肯特郡，索尔兹
伯里大教堂。那些图片是我对没有战争的世界最初的印象，也是对
我来说最美丽的世界。"

　　远处的爆炸声依然不断地响起，枪击擦出的火花以及照明灯的
光亮在黑暗的夜空中像星星点点的火种，不断地伸向北方。

　　"那些士兵来的时候，我没有躲在长草丛里，"他继续说道，
"我在学校，我当时八岁。那是一个傍晚时分，天气很热。我们正
在背诵加法口诀：2+2=4，4+4=8，8+8=16。就跟你们在学校里学的
一样，是吗？利亚姆。"

　　"是的。"我回答道。幼儿园时背诵数字口诀时的画面浮现在脑

海里。

"我们听到了枪声，"他继续说道，"砰砰砰的枪声，好像离我们很远似的。而且很奇怪的是它们听起来动静并不是很大，完全不像枪击那么凶残。但是他们确实来了，而且就在离我们很近的地方。同学们都目瞪口呆地互望着对方，眼巴巴地瞅着老师。这是什么声音，老师？发生了什么？那些尖叫呐喊声是怎么回事？我们用一种很无辜的口气说着这些话，但是我们中的每一个人都很清楚，我们一直在满怀忐忑地等待着这一天的来临，等待着枪炮和死亡降临到我们这个普通的小村落。枪击声再次袭来，只是这次更加密集了。村子的上方也开始升起阵阵硝烟。老师慌乱之中让我们赶快跑，藏起来，但是一切都太晚了。那些士兵已经来到了我们身边，已经占领了学校，他们拿着枪，举着斧头，让我们不要出声，让我们老实坐在长椅上不准动。他们在我们各家各户的房屋之间来回穿梭，在房屋的前厅点火，拿着火把进屋纵火。他们做这些的时候异常镇定，就好像做这些罪恶的事情对他们来说再普通不过了。我怎么向你们形容他们对我的同伴犯下的罪行呢？你们可能仅仅会问，'他们怎么会做这种事情呢？亨利！或者奥利弗。随便你叫什么名字'。"

说完这些，他身子前倾了一下，用木棍拨了拨那本正在燃烧着的书，确保那本书每一页都要燃烧殆尽……

"他们抓住了你的家人？"我问道。

"是的，他们抓住了我的家人，就像我告诉过你的那样。但是我不在家门口的长草丛里，我当时在学校。我的家人都被杀了，他们死的时候都从容镇定，就像那些被杀的其他人一样。"

"但是为什么呢？"

"为什么？这应该有原因吗？因为这件事实在让人难以接受？当然不是这个原因。因为这是信仰之外的事情，但是这又没有超出信仰。这样的事儿每天每时都在发生着。它发生的频率就像咱们今天晚上围在火堆边烤火一样平常。人类怎么能做出这种事呢？噢，我马上就要去学习他们怎么会做出如此邪恶的事了，很快就能学会了。我很快就能知道他们能如此简单地做出这些事情的原因了。"

他再次停顿了下来，眯着眼睛朝山谷的尽头望了望，我循着他的目光也看过去，听着什么动静。

"那是什么？"我问他道。

"我不知道，没什么吧。没什么大事。"

然后我们一起屏气凝神仔细"巡视"了一下周围，没有发现任何异样。奥利弗再次讲述起来。

"那些士兵他们都聚集在我们学校门口，看着坐在一旁的我们傻笑，我们都显得如此幼小，无辜和惊恐。我们的老师告诉他们必须**马上离开**！他说我们都仅仅只是**孩子**！然而我们坐在椅子上眼睁睁地看着说完这些话的老师被他们带走，然后被一枪打死。"

说完这些，奥利弗再次停顿。他低头陷入了沉默。这个时候，黑暗中响起一个声音。

"聚光灯！"

一束强光打在了我们上方。

十八

只见他们穿过树林向我们走来。手电筒的光束打在我们身上，纳特拉斯举着的摄像机挡住了自己的眼睛。埃迪和内德走在他的左右两侧。

"聚光灯！"纳特拉斯再次喊道，"你被聚光灯暴露在夜色之中！你出局了。"

说完他咯咯地笑起来。

"噢，你们很享受自己的'炉边谈话'啊，是吗？"他挑衅似的问道。

"走开，纳特拉斯。"我没好气地回道。

"但是我们正在制作纪录片啊，兄弟。诺森伯兰郡村庄的一天。你知道的啊，很多人都很期待能看到我们这些纪录片。"

旁边的埃迪手里拿着一个锯齿状的石头，内德的裤腰带上别着一把有抓手的斧头。

"我们正身处以前侵略者和掠夺者占领过的地方，远古战争时期这里也是必争之地，"纳特拉斯说道，"无数的幽灵环绕着我们，脚下的土地也渗满了古人的鲜血。但是除此之外，远古时期的野蛮也还是如影随形。"说着他哈哈大笑起来："我是个好人，是不是？兄弟。而且我在变得越来越好。我在画廊展示的那些艺术品的东西是不是都很伟大？你知道吗？这些都多亏了你哦。我无法想象你跟你的家人将来会有一天离开这个城市生活。"

然后他将摄像机对准了奥利弗的脸。

"对观众说些什么吗?"他温柔地说道,"不要害羞嘛,到目前为止,你是如何看待英国的乡村生活的?'叫什么来着'① 先生。"

"我的名字叫亨利,"奥利弗说道,"英国的乡村生活很好啊。"

"很好! 很完美的回答! 很高兴你能这么说。还有你,小姐。你看起来——我要怎么形容你呢?"他暗暗笑着说,"听说你阅历已经很'丰富'了,那么我们这个可爱的小村庄比起你待过的其他地方,怎么样呢?"

"滚开!"克里斯特尔狠狠地说。

"哦,不。为了录像你就好好说一句吧,小伙子。不要担心,画面很温馨,他们在家里围着火堆烤着火。我们的'逃亡者':作家的儿子,黑人小伙子和一个小浪妞。"

埃迪高声大笑起来。

"太棒了!"他说道,"作家的儿子,黑人小伙子和一个小浪妞。"

"听起来好像是一个新闻标题啊,是吗?"纳特拉斯说道,"现在我们必须要开始了。"

他放低了摄像机,我们仍然坐着不动。

"我听说有一个黑人男孩行走在诺森伯兰郡,"他说道,"我还听说有一个骨瘦如柴、穿着很朋克的小姑娘跟他一起,所以我就跟

---

① 该词的原文是 Whatdeyecallit,引申意思为:不确定怎么表达,不明确的指代。

来了。哈！我想除了利亚姆的那两个小伙伴，应该不会是其他人了。人们想把他抓回他的茅舍，他不愿意，逃走了。是这样吗？没人知道答案，是吧？好吧，事情肯定是这样的。所以有时候，像我这样遵纪守法的人，最好能够擦亮眼睛，不是吗？我们不想让那些恶棍逃脱法律的制裁，不能让他们藏身在我们这片美丽的荒原上，我们希望他们从哪里来就回到哪儿去。是不是，伙计们？毕竟……"他边说边哈哈大笑起来。"或许他们是恐怖分子，也或者是战争犯，最大的可能就是他们只是一些说谎者和寄生虫，甚至是社会毒瘤，"说着他用靴子的尖头轻轻地踢了一下奥利弗，"来啊，你最好能跟我们一起回去，这样就皆大欢喜了。"他又舔了舔嘴唇。"或者他会像我们之前认为的那样，为此努力抗争一番？小伙子。如果他这样做的话，那场面一定很壮观。当然，野蛮人会露出他野蛮的一面，"他站在奥利弗的身边，继续说道，"所以，奥利弗，你准备接下来怎么做呢？"

这个时候我猛地起身从岩石上跳起来，冲到纳特拉斯的身边，把他一把推倒在地，按住一拳一拳地猛击在他脸上。嘴里骂着说他什么都不懂，他就是一个法西斯主义蠢猪。我们就这样在尘土飞扬的地面上扭打做一团。我的脸也被他的拳头猛击了几下，随后陷入一阵眩晕，眼前的一切都旋转起来。当我再次睁开眼的时候，我看到内德蹲在我身边，手里拿着扬起的斧头，准备随时收拾我。

"你对我动手很多次了，兄弟，"纳特拉斯开口说道，之后吐了一口唾沫，中间混杂着血，"所以或许现在是轮到我好好教训你的时候了。到时候大人追究起来，我就算是正当防卫，我们有证据。"

"真是血淋淋的诬告。"克里斯特尔气愤地说道。

说着她扬起了拳头，奥利弗仍然一动不动地坐在岩石上，紧接着他开口说话了：

"我正在讲述我的故事。你打断了我们。"

"哦，我破坏了'故事时间'，小伙子们！小宝宝们今天还怎么入睡啊？"

"你应该回家去，纳特拉斯。"奥利弗说道。

纳特拉斯听完大声笑起来。

"你才应该回家去，"奥利弗说道，"不然你就会跟我这样的人纠缠不清，你肯定不希望这样的吧。"

这个时候奥利弗站起身来，纳特拉斯猛地向后退了几步，因为他看到了奥利弗手里拿着的匕首。

"我不想制造什么麻烦。"纳特拉斯用颤抖的声音说道。

"但你就是一个麻烦制造者，"奥利弗说道，"根本没有人让你们来这里，是不是？"

埃迪和内德见此状转身就跑了，消失在黑暗里。纳特拉斯扔掉了手里的摄像机，掏出自己的匕首。

"不要啊，纳特拉斯！"我向他喊道，"你赶快跑吧，离开这里。"

但是奥利弗突然一把抓住了他，紧紧地抓住了他，匕首放在纳特拉斯的喉咙处。

"我正在讲故事，"他在纳特拉斯耳边小声说道，"你必须跟着一起听听，如果你敢动一下，我就划破你的喉咙。"说完他扭头看了看我。"退后，利亚姆，不然我就划破他的喉咙，"说完他诡异地笑了一下，"或许你正希望我这么做？"

"不！"纳特拉斯说道。

"那就看你表现如何了，"奥利弗说道，"无论如何，保持安静，我会继续讲我的故事。你已经错过了故事的很多内容，纳特拉斯，不过那些不会成为问题的。充分展开你的想象力就好了。我当时是一个八岁的小男孩，住在一个平常的村子里，跟我那些普通的朋友在一个普通的乡村学校里学习。一些士兵来了，他们屠杀了我的家人，射杀了我的老师，带走了我跟我的同学，那些就是我们的出身。"说着他大笑起来："他们带走了我和我的同学们，可能你们不明白这是什么意思，他们带走了我们，他们把我们训练成了士兵。"

"士兵？"克里斯特尔说道，"但是你们才八岁啊。"

他再次笑起来。

"克里斯特尔，这个世界充满了八岁的士兵，还有七岁的士兵，九岁的士兵，十岁的士兵——只要他们愿意，他可以训练任何年龄的小孩子成为士兵。男孩子和女孩子，都是这样。"说完他又一次将匕首在纳特拉斯的皮肤上按下去更深一些。"你知道这些吗？纳特拉斯。"

"不知道。"纳特拉斯小声回答道。

"但是你**应该**知道，而且你现在**已经**知道了，那就不要忘记这些。"

这个时候，奥利弗伸手摸了一下顺着纳特拉斯喉咙处皮肤流下来的一股细小的鲜血。

"噢，亲爱的，"他对着纳特拉斯小声说道，"我告诉你了，老实点。不安分的话对你来说会很危险。你们都问为什么他们要抓孩子去当兵？其实这个很好理解，因为我们都还很小，都满怀热情，很容易就会被训教得具有服从性和无所畏惧。我们都想要去爱别人，是不是这样？纳特拉斯。我们都想要爱以及被爱。不是吗？"

"是的。"纳特拉斯回答道。

"是的。如果那些人他们'带走'了我的父母，取而代之的是把怪兽放在我们的身边，而且这些怪兽照顾我们，告诉我们应该做些什么，那么我们就会追随这些怪兽，会爱上这些怪兽，会认为战争就像一场游戏。因为我们很喜欢被训教成狂野的类型，不是吗？是的，我们就是这样的。我们的存在是如此微不足道，毫无意义，而且有那么那么多像我们这样的孩子，所以就算我们死掉也没什么关系。"

纳特拉斯依然保持着死一般的沉寂，一动也不敢动，充满恐惧的眼睛看向我。

"任何我们中间的一个人都有可能遭遇那样的事情，"我说道，"如果我们出生在一个不同的地方，不同的时间，有可能是我，或者克里斯特尔……"

"但是遭遇这件事情的人不是你，而是我。他们杀害了我的家人，我的老师，他们给了我枪，让我吸食毒品。我们到处埋伏，打猎，我们袭击村庄，抢劫无辜的人。有时候我们甚至会感到开心，你能相信这些吗？"他大笑起来，"我们会开心，纳特拉斯！你知道那意味着什么吗？我们唱着歌，一蹦一跳地列队前行，我们和同伴臂挽着臂，大踏步前进，当时我们是如此开心。有一天，人们会讲述我们的故事，随着时间的流逝，我们会成为英雄，就像你们的罗宾汉和他的随从，利亚姆，到时候学校的插图书会画满我们恶作剧的面孔，讲述着我们开心的冒险故事。那不是很好玩吗？纳特拉斯，**是不是**？"

"是的，"纳特拉斯喘着气说道，"**是的**！"

"但是你为谁而战呢？"我说道。

"这一直是一个谜，他们说我们是在为政府而战，为我们的国家稳定秩序，带来自由。努力为这个国家战斗、牺牲是我们的职责。但是当我们私底下聚在一起低声议论的时候，我们这些孩子会觉得自己的所作所为是错误的，我们都说自己实际上是叛国者，我们只是在为那些反对邪恶政府的人们而战，我们的目标是正确的，我们一直认为上帝和人民是站在我们这边的。然而我们从来不知道真相，这仅仅是战争，没有真相。"

纳特拉斯开始挣扎了。

"我是怎么告诉你的？纳特拉斯。如果你不听话，架在你脖子上的匕首会划破你的喉咙。"

"求你了，奥利弗，千万不要伤害他。"我说道。

他无视我的请求。

"真相就是，"他继续低声说道，"我逐渐成为一名优秀的少年士兵，我参与了屠杀。我也跟他们一起走进村庄，召集新的像我一样的孩子，然后训教他们如何变得像我一样，强壮有力。你能想象吗？纳特拉斯。**你能吗**？"

"我能，"纳特拉斯继续喘息着说道，"拜托你放了我吧。"

"不，现在还不行。你听好了，兄弟。现在你必须发挥一些想象力，想象一下你就是我，你能想象吗？**你能吗？**"

"是的，我能的，你让我做任何事都可以。只是先**放开**我。"

"很好。想象一下：有一个村庄，一个跟你们一样的普通的小村庄，那些普通的村民在那里过着普通的生活。那是一个极为普通的一天，我想你无法想象在非洲的这样的一天，所以你必须想象着它就发生在这儿。你必须想象着**你的**村庄，**你的**村民，**你的**生活，你能想象那些吗？**你能吗？**"

"我可以。"纳特拉斯说道。

"是的。接下来你要想象的事情对你来说就很有难度了，但是你必须这么做。你要想象着自己整天都跟着自己的队伍，走在诺森伯兰郡的荒野上，你在不停地寻找这个村庄，身上带着威士忌和毒品，随身带着一把匕首和一把枪。你是一个士兵，而且你才九岁。你能想象这些吗？**你能吗？**"

"不能。"

"不能？但是你必须这么做，兄弟。你已经过了九岁了，所以你的记忆能够帮忙，充分发挥想象力，让自己回到九岁。我就在你旁边，我不会再靠近你，纳特拉斯。我现在这么紧紧地抓住你，都仿佛跟你融为一体了。我现在跟你耳语的这些话直达你的心底。我还有很多话要跟你说，但是只要求你一件事情。所以你要尽力试试。**你会试试吗？你会吗？**"

"是的。"

"很好。那么你现在九岁，你就是我，而且你被命令接管这个村庄，纳特拉斯。为什么？你不知道。'为什么？'这个问题根本不重要。这就是士兵的天职。接管这个村庄，烧杀抢掠。所以你带着一群士兵进入侵了这个村庄，接下来村庄里响起了枪击声和很多的叫喊嘶鸣声。你能想象吗？你能吗？"

"不能，能。我不**知道**。"

"突然……"奥利弗又继续说道。

他停顿了一下，紧紧抓住纳特拉斯的手仿佛有些松懈下来，但是纳特拉斯依然动也不敢动一下。

"突然，"奥利弗说道，"有一个小女孩来到你面前，她看起来最多也就是九岁的样子，是一个看起来很普通的女孩，就像你的妹妹，或许，像任何一个我们的妹妹。就像你九岁的时候，纳特拉斯。所以你一定能想象得到。现在她就站在你的面前，手里拿着一块石头，冲着你大喊，咆哮。她尖叫着说自己的母亲已经被杀害了，她的父亲也已经被杀了。想象一下，纳特拉斯，她举着手里的石头想要砸向你。这个时候你要怎么办？**怎么办**？"

"我不知道。"

"那么让我来告诉你，兄弟。不要担心，你不需要去想象了。你不是我，我才是亨利·美德斯。我才是那个举着刀的人，我才是那个叫喊着然后狠狠地把刀子插入她心脏的人。"

死一般的寂静。说完这些，奥利弗慢慢放开了架在纳特拉斯脖子上的匕首，失魂落魄地后退了几步，然后把匕首伸向纳特拉斯。

"拿着它，纳特拉斯，"他说道，"继续你刚才的行为，用这把匕首。"

"你真的那么做了？"纳特拉斯没有理会他刚刚的话，只是追问他前面讲述的那个小女孩的事情。

"是的，我真的那么做了。那只是我做的很多事情中的一件而已。你继续啊，想象着把这把刀子刺进我的心脏。想象着我就死在你的脚边。你是一个英雄，纳特拉斯，而我会消失。"

奥利弗说着，慢慢走近纳特拉斯，伸出了手里的匕首。

"动手吧！"他说道。

火堆继续发出燃烧时的爆裂声和嘶嘶声。克里斯特尔在一旁啜泣着。突然，"死亡交易者"就安静地待在我的手里，纳特拉斯深深地吸了一口气，只见他拿着这把刀，扬起了手。我快速走向他。

"不要啊！"克里斯特尔大声咆哮道。

"不要啊！"奥利弗也大声喊道。

但是一切都太晚了。

我冲向纳特拉斯，使劲把他推倒在地，将我的"死亡交易者"插进了他的心脏。

然后树林被照亮了，接着是很多脚步声，士兵朝我们奔来。

第四部分

一

　　想杀死一个人没那么容易。我的"死亡交易者"因为之前跟克里斯特尔在岩石上刻画，刀尖已经变得很钝了。我跪在纳特拉斯的旁边，看着从他伤口处不断流出的鲜血渗进他身下的泥土里。我看见我的匕首插在他的肉里。但是我刺偏了，匕首插在他腋窝下面的皮肤里，深的程度足以致伤，但不致死。

　　这些士兵已经监视我们一整天了，把我们当成了叛徒。他们都很年轻，穿过树林来到了我们身边，胳膊上驾着来复枪围在我们周围，抽着烟，很不屑地摇着头看着我们，然后嘴里发出啧啧的声音，忍住不笑出来。他们喊来了自己的医生，他带来了药膏和绷带。

　　他们的队长叫加雷斯·琼斯，整个人已经被"武装"起来，脸上画着一道道的黑色条纹，他瞥了我们一眼，拿走了我们的匕首。

　　"我们不是法律，"他开始说话了，"我没有时间和义务去查实你们是谁，来自哪儿，到底在干吗，我们只会把你们留给它。"他一边说着这些，一边看着医生清理纳特拉斯的伤口。"但是你们到底他妈的**在**干吗？"

　　说完，他询问的眼神转向我。

　　"你可能已经**杀死**了他，"他说道，"你想杀死他吗？"

　　"我很抱歉。"我一边哭着哽咽着，一边努力回答道。

"对不起。"我对着纳特拉斯也努力说了一句道歉。

那个首领猛地朝地上吐了一口唾沫。

"**抱歉**?"他说道,"你很**抱歉**?你觉得这个世界上已经存在的死亡和破坏还不够多吗?是吗?"

"不是的。"我回答道。

他再次朝地上吐了一口唾沫。

"那么你们在玩什么游戏?不要哭了,行吗?"

之后他派人去叫了辆卡车过来,我们都爬进了车里。他跟我们一起坐在后车厢里。就这样,这辆卡车把我们带出了山谷,朝我们村庄的方向走去。

"都是我的错。"奥利弗说道。

"你又是谁啊?"加雷斯·琼斯对着奥利弗说道。

"我是亨利·美德斯,来自利比里亚,我是一个战犯和杀人犯。"

首领听完,一边摇头,一边嘴里咒骂着。

"他们都是我的朋友,"奥利弗继续说道,"我欺骗了他们,这件事跟他们没关系,你们应该带走的是我。"

"现在要把你们送去哪儿?"首领问道。

我给了他我家的地址,他打电话给警察,告诉他们应该来哪里找我们。

"你还好吗?小子。"他问纳特拉斯道。

"没事。"

"很好。"

然后他瞥了一眼克里斯特尔。

"你呢?"他说道,"你又有什么故事?"

她耸耸肩,说道:

"我跟奥利弗一起出逃,嗯,我是说跟亨利一起,出逃。"

"跟他一个人还是跟另外的这两个人,啊?"

说完他狠狠地用拳头敲打了几下驾驶室的后门。"不要再颠了,好吗?"他大声嚷嚷道。

"好的,队长。"驾驶室传来一句听不太清的回话。

卡车依旧在颠簸,队长把我们的匕首放在他膝盖处。

"你们以为我们在血腥的伊拉克吗!"

当时清晨时间还早,爸爸也还没睡。卡车刚一在我家门口停好,他就冲到了门口,手里还拿着他的钢笔和笔记本。

"我惹麻烦了,爸爸。"我说道。

队长走上前来到我身后。

"你是他父亲吗?"他问道。

"是的,"爸爸回答道,"发生了什么事?"

"你不是应该已经知道了吗?先生。"

"知道什么?"

队长轻叹了一声。其他人也从卡车里跳下来。队长指了指纳特拉斯的伤口说道。

"警察就在来的路上,"他说道,"我们能进屋里吗?先生。"

我们一起蜂拥进厨房:克里斯特尔,亨利·美德斯,戈登·纳特拉斯,我,还有队长。我听见妈妈下楼的声音,她走到厨房门口停住了脚步，她穿着晨袍，头发是刚起床乱蓬蓬的样子。艾莉森就在她的臂弯里。

"噢，妈妈，"我用颤抖、几乎破裂的声音说道，"看看我都干了什么好事。"

艾莉森看到我们大家后，兴奋得咯咯笑起来，开始在妈妈的臂弯里兴奋地跳起来。

"噢——啊！"她指着我兴奋地大喊起来，"噢——啊！噢——啊！"

怪兽。怪兽。

二

纳特拉斯打电话给他爸爸。

"是的，"他说道，"是的，我在林奇的家里。是的，我知道现在的时间。是的，我惹麻烦了。"说着他轻轻叹了口气。我看到了他眼里泛起的泪花："拜托，爸爸，请你过来接我。"他放下电话。"我爸爸！"他咕哝着说道。

我们坐在餐桌前，妈妈为我们泡了茶，烤了面包。克里斯特尔抱着艾莉森，咿咿呀呀地逗她笑，爸爸手托下巴坐在那里，注视着眼前的一切。"所以到底发生了什么？"

我回过头看到他的眼睛，他在等着我告诉他发生的一切，但要从哪里开始呢？

"我们去了'凯恩的洞穴'。"我说道。

"'凯恩的洞穴'，在哪儿？"

我低下了头，咕咕哝哝地回答道：

"我……我……"

我什么？我想跟奥利弗和克里斯特尔一起离家出走？我试图杀死一个曾是我朋友的男孩？——就在我不知该如何回答时，克里斯特尔将手搭在了我胳膊上。

"他在尽力帮助我们，"她说道，"他力所能及地帮助我们，保护我们。"

"噢——啊！"艾莉森在一旁咯咯地傻笑着，"噢——啊！"

爸爸找来了一张地图，在我们面前铺开来。他让我在地图上展示给他看，我在地图上的一个地方指了指——凯恩的洞穴。然后我向他展示了我们行进的路线：田野——河流——荒野——隐秘的山谷。我们大家都前倾着身体，探着脑袋，俯视着这张地图。纳特拉斯低声说着这些地方的名字：圣米迦勒-众天使教堂，鲁克礼堂，泰恩河，罗马墙。他用手触摸了一下地图上位于田野边上的我们的小学校。克里斯特尔也用自己的手在地图之外追踪着回到纽斯卡尔时的路线。然后奥利弗：大臂一挥横扫过地图，在地图上的一个海湾处指出了自己儿时的家——利比里亚。

"这是我，"奥利弗说道，"我应该被带走，然后一切都会再次回归平静的。"

我们都听到了脚步声。纳特拉斯先生已经来到了门口，他是一个佝偻着身子的男人，外套的右胳膊处用别针固定在了翻领上。

"我儿子呢？"他一踏进我家门就问道。

"他在这儿。"爸爸回答道。

纳特拉斯先生的眼神穿过我们望向了他的儿子。我这是第一次在外面看到他，印象里他永远待在家里那间只有沙发和电视的房间。

"所以这一次又是什么事啊？"他问道。

"是我，纳特拉斯先生，"我回答道，"我……我用一把小刀攻击了他。"

只见他用双眼仔细打量了我一会儿，然后咕哝着发出一阵低沉的笑声。

"你干的啊？我很多次都想对他做这件事了。有没有伤得很严重？"

纳特拉斯这个时候给他爸爸看了自己衣服上的血渍，看了看他里面的衣服。然后他爸爸伸出自己唯一的一只手臂，去触摸了纳特拉斯的伤口。

"跟一个小小的抓痕差不多嘛，是吧？"然后他再一次看了看我，"你们是在玩游戏的时候出了什么意外，是不是？"

"没有。"我回答道。

"受伤是他自找的，他又在游戏中为难你们了是不是？"他爸爸继续为我开脱。

"没有。"我继续回答道。

"你确定吗？你过去常来我家玩，不是吗？你们很小的时候是很好的朋友。"

"是的。"

"我告诉过他——如果你再这样任由自己的性子发展下去，小伙伴们会反感的，总有一天他们会受够你的，"说完这些，他又把脸转向自己的儿子，"还记得吗？"

纳特拉斯只是目光空洞地望向自己的父亲，欲言又止，随后收回目光，低头不语。

"没关系，不要放在心上，"纳特拉斯先生说道，"你们很快就会用自己可笑的方式握手言和的。"

外面一道强光亮起，警车来了。阿特金斯和鲍尔两位警官一起穿过大门来到家里。

"哦，哦，哦！"鲍尔边进门边说道，"现在你们该知道为什么我看到**这件**事情发展到如此地步而不会感到惊讶了吧，我就知道这帮小子不是省油的灯。"

三

事情似乎已经过去好久了，但是就是在这儿，在我的家里，那也就是没几个星期之前的事儿。这个时候夏天已经开始渐渐隐去，秋天已经在无声无息中来临。我曾经尝试着去杀害一个男孩，不过这事儿并没有引发很严重的后果。纳特拉斯和他的爸爸都说，我们只是在玩游戏的过程中出了些岔子，我不小心误伤了同伴。我们都还是孩子，都还很愚笨，不知道自己正在做什么，玩起来也是没轻没重。我是一个拿修枝刀当宝贝，搞砸很多事情的糟糕男孩，纳特拉斯是一个很久以前就渴望乡村生活的，整日里削木棍、捉兔子的乡村男孩。这件事儿之后，我们都被警告以后不准带刀子在身上。纳特拉斯先生和我的爸爸妈妈也都被警察命令以后对我们要严加管教。

"我就知道，"鲍尔警官对我说道，"从一见到你我就知道，你是那种一旦管教松懈，就会搞出很多乱子，惹很多麻烦的孩子。"

奥利弗被带走了，不过肯定不是被带回那个必死无疑的家里。他是最糟糕的罪犯，被那些内心充满邪恶的恶魔所指引，走上歧途。他在恶魔的培养下，已经丧失了自己的天真无邪，他一直在被培养成一名恶魔。现在他受到我们的保护，被看管着，同时他也对自己的过去充满了恐惧，住在他心里的恶魔会因此而离开吗？

今天他来我家做客，是跟克里斯特尔和陪同社工一起来的。今天是十一月底美丽的一天，晴空万里，耀眼明亮，只是空气开始变得很凉了，我们呼出的空气已经开始变成了一团雾气，落叶也都七零八落地散落在草地上。

他正跟爸爸一起坐着，又开始创作自己的作品了。

"这一次，"亨利说道，"我的作品肯定全部都是事实，不再有谎言。"

"有些事实是像真理一样的存在。"

亨利思忖了片刻后，说道：

"是的，林奇先生，真理需要被一次一次地，不断地被提及，被强化，而不仅仅是在经历了很多谎言，人们经历很多痛苦之后，才发现这个真理。"

克里斯特尔正在跟艾莉森玩耍，她们欢快的笑声越来越响，在整个屋里屋外回荡。此刻她们正在草坪的落叶上滚爬，克里斯特尔拉着艾莉森的手，艾莉森很笨拙但是欣喜地走到她的脚边。

"好样的！"克里斯特尔总是不断地鼓励她，"噢，你太棒了，多棒的小女孩啊！"

妈妈留意观察着我们所有人。拿着她的照相机，远距离地拍摄我们在天空映衬下的剪影，拍摄草地、树木，山脊和远方的田野。她很开心。我知道她已经开始在考虑收养克里斯特尔或者亨利，或者同时收养他们两个。

我独自在花园里遛弯。寒鸦的叫声从田野那边传来，一直都有寒鸦在这里。有一天，我告诉自己，那只引发了后续这些事情的寒鸦，会再次拍打着翅膀，飞到我面前的草地上。跟着它一路前来的还有那位戴着红帽子的徒步者，她会走进我家的花园，冲艾莉森笑，然后告诉我们爸爸的猜测是正确的。不，她不会关心她的女儿，是的，艾莉森的父亲是托马斯·费尔，那个被发现死在了北方的那个人，那个旧时战争的俘虏。

有太多神秘的事情发生，也有太多事情等着去被挖掘真相。我正在长大，但我还如此的年轻。我像一个幽灵般在花园里游荡。我走进房间，拿出之前藏在罐子里的钱，放进了一个塑料口袋里。我走进爸爸的工作室，"死亡交易者"就在那儿，被放在键盘的边上，我拿走了它回到花园。我跪在地上，割下一块草皮，往下挖起来，地下还是以往常常挖出的那些东西—石头，树根，蚯蚓，泥土。我弄干净了一块地方，把钱和刀都放进去，然后埋上土，盖回那块草皮。我看着沾在我皮肤上的泥土开始变干，寒鸦的叫声还在响起，太阳在慢慢落山。艾莉森又开心地大喊起来，我抬起头看，到她再一次跟跄地走着，我看着所有人，大家聚集在这个曾经如此熟悉的花园里，而现在的这里似乎已经变成了另外一个世界。